MICHEL BEZBAKH

LE GARS QUI ALLAIT QUELQUE PART

ROMAN

BUCHET • CHASTEL

ISBN : 978-2-283-04011-9

J'ai tout ? Mes papiers mes clés mes clopes, je sais pas si j'ai tout mais au moins j'ai l'essentiel, j'ai bien fermé la porte, je descends, j'ouvre la voiture, je m'installe, ah on est bien, je me suis toujours senti bien dans cette bagnole, c'est objectivement une bagnole de merde, 207 blanche, elle est vieille et elle sent le renfermé à force de cloper à l'intérieur mais j'y suis bien, c'est mon petit chez-moi, et heureusement parce que j'en ai pour deux bonnes heures de route, une heure quarante-huit d'après le GPS. C'est pas la porte à côté et limite ça m'arrange, ça me laisse encore une heure quarante-huit de répit, un peu plus avec les pauses que je vais faire, parce que j'ai bien l'intention de respecter les consignes de sécurité routière, de m'arrêter sur une aire de repos en cas de fatigue, et surtout je vais avoir envie de fumer, et pas en conduisant, je sais que je vais avoir envie de fumer dehors, posé, au calme, pour me détendre et puis pour allonger un peu le trajet, sinon je suis vraiment arrivé dans une heure quarante-sept… ah ouais je flippe déjà.

C'est un peu con de flipper mais j'arrive pas à faire autrement, ça fait plusieurs jours que je dors mal, depuis la semaine dernière en fait, quand je me suis décidé à faire ce voyage. Enfin en réalité ça fait trois ans que je dors pas bien, je sais pas si ce voyage va arranger les choses, c'est un peu le but, on verra, on verra ça dans une heure quarante-six. En attendant y a de la route, et ça au moins je sais faire, c'est pas difficile, même si sur la route y a toujours des pensées incontrôlables qui arrivent sans prévenir, c'est dur de penser à rien, c'est impossible même, penser à rien c'est déjà penser à quelque chose, et même ce genre de tentative ça dure une minute et t'es reparti dans un autre souvenir, et voilà ben j'ai l'image du gamin qui arrive, pas étonnant, je le revois quand il était bébé.

En vrai j'ai pas tellement de souvenirs de lui avant l'âge de trois-quatre ans, j'ai dû occulter cette période avec tout ce qui s'est passé ensuite. Je suis comme les gosses en fait, mes souvenirs ils commencent à l'âge de trois ans. Je me rappelle de sa naissance bien sûr, de la clinique, du soulagement de savoir que tout s'est bien passé, que Clara allait bien, mais pas tellement de ce que j'ai ressenti sur le coup, à part le soulagement, ouais, Clara était indemne, le petit aussi, nickel, on peut rentrer à la maison, mais derrière c'est assez flou. Est-ce que le bébé faisait ses nuits, à quel point il cassait les couilles, je m'en souviens pas trop. Le bébé qui apprend à marcher, qui dit papa-maman, son premier jour d'école, tous ces moments magiques pour les parents normaux, ben moi il reste vraiment pas grand-chose, enfin disons que c'est très vague et surtout je n'arrive pas à recoller les émotions qui sont censées aller avec, c'est des choses très lointaines que j'ai pas vraiment l'impression d'avoir vécues. Mon premier vrai-vrai souvenir du gamin, le premier truc que je visualise avec une précision extrême, c'est Nantes-PSG. Il est assis sur le tapis, moi dans le canapé, et on regarde la télé.

Je voulais trop qu'il aime le foot le gamin, normal, comme n'importe quel père. J'allais être déçu, très déçu, mais quand même j'ai eu vite fait le temps d'y croire. En tout cas j'y ai cru à ce moment-là, quand au milieu du match il a relevé sa petite tête et qu'il m'a posé une question. Je le revois se redresser, ça ouais je visualise, il était minuscule, haut comme trois pommes, *chétif* disait le docteur qui pourtant ne s'inquiétait pas, rien ne l'inquiétait lui, il se marrait l'enculé, alors que nous avec Clara on balisait, on se demandait pourquoi il ressemblait à rien comme ça le gamin, mais bref, il était tout petit, et du haut de ses trois pommes, assis sur le tapis, je le revois me demander, à moi dans le canap', mais papa comment ils font pour marquer des buts à l'extérieur. Je suis pas du genre à être ému facilement mais là j'avoue j'avais fondu, sans déconner ça m'avait complètement fait fondre. Ça fait un peu tarlouze de dire ça mais le truc c'est que je m'étais posé exactement la même question à son âge, enfin peut-être pas exactement à son âge, je devais être un peu plus vieux parce qu'il était vraiment petit pour poser une question comme ça, le gamin. Je l'ai regardé, assis par terre, les yeux tournés vers moi, et je me suis vu, à peu près dans la même position, des années plus tôt, me demander la même chose : comment on peut marquer un but à l'extérieur du but. Ça paraissait complètement impossible, c'était un peu comme Le mystère de la chambre jaune même si je connaissais pas à l'époque, cette histoire j'allais la lire plus tard au collège, et d'ailleurs ça allait me marquer : une tentative de meurtre dans une chambre (jaune) fermée à double tour, sans fenêtre, sans aucun moyen d'y rentrer, et le détective qui trace un cercle au sol en répétant je me fie au bon bout de ma raison alors que la raison elle est comme une merde devant un mystère pareil. J'en ai pas lu beaucoup des livres mais celui-là j'ai bien aimé, je me sentais teubé je me disais mais vas-y il doit bien y avoir une solution, et ça me rendait ouf mais ça m'excitait aussi un peu, j'aime bien ce genre d'énigmes. Bref, le mystère de la chambre jaune et celui des buts à l'extérieur c'était un peu le même délire. Le commentateur il disait et rappelons que les buts à l'extérieur comptent double en cas d'égalité et moi je me disais ben tu m'étonnes, c'est tellement dur de marquer un but à l'extérieur ça devrait compter triple, et j'avais beau tracer un cercle avec ma raison j'étais perplexe, nique sa mère la raison. Je regardais attentivement les ralentis, je mettais le nez sur l'écran, je tournais autour de la télé pour voir si vraiment le but avait été marqué à l'extérieur mais non, le ballon était rentré dans le but, c'était un but à l'intérieur. Qu'est-ce qu'on peut être con ma parole quand on est gosse, c'est marrant quand même. Enfin c'est la langue française aussi qui rend teubé des fois.

En tout cas voir que mon gosse était aussi con que moi à son âge, ça m'a fait tout drôle. À ce moment-là j'ai pensé qu'on était peut-être un peu pareil, ou disons qu'il allait peut-être devenir un peu comme moi, même si jusque-là il avait rien fait pour. Je me suis demandé combien de temps il allait mettre à résoudre le mystère des buts à l'extérieur, moi j'en avais mis un paquet (de temps), mais c'était pas le plus important, sur le coup surtout je me suis dit ah là là qu'est-ce qu'il est intelligent. Il avait dit un truc complètement con et pourtant j'étais comme une gonzesse, je le trouvais merveilleux le gamin à ce moment-là. Je l'ai laissé un peu mariner pour le délire, je lui ai dit réfléchis gamin, allez réfléchis, j'ai été un peu pervers j'avoue, je lui ai demandé tu crois qu'on peut marquer un but sans faire passer le ballon derrière la ligne de but ?, ou un truc comme ça histoire de le faire douter, j'ai embrouillé ses petits neurones ça devait être un beau bordel là-dedans. Ça me faisait délirer mais avec le recul je pense que c'était pas la seule raison. Je le faisais mariner peut-être pour autre chose, peut-être pour prolonger ce moment, où finalement on était un peu ensemble. Y avait enfin un truc qui nous reliait, c'était rare, à l'époque déjà c'était rare. C'était pas en lui lisant une histoire ou en l'emmenant faire du toboggan ou en changeant ses couches qu'on allait partager quelque chose. Les histoires pour les gosses j'ai jamais pu supporter ça, désolé, c'était pour sa mère et ça lui allait très bien. Les toboggans, ben le gosse il est tout seul dans son délire, un toboggan ça fait à peine la largeur de ma cuisse comment tu veux que j'y rentre, et moi voir les autres qui s'éclatent ben ça m'éclate pas, je préfère m'éclater moi-même. Les couches, inutile de revenir dessus. Donc voilà : enfin on vivait un truc ensemble, même si c'était à des années d'écart.

Et puis bon, il a fini par falloir lui dire, je suis pas un pervers non plus. Il avait le front tellement plissé par l'incompréhension il ressemblait à un vieillard le gamin, j'ai commencé à avoir mal pour lui. Je lui ai dit ce que c'était un but à l'extérieur, que c'était pas à l'extérieur du but mais à l'extérieur du stade où l'équipe elle joue d'habitude, et alors ça m'est venu comme ça, dans l'élan, je lui ai dit tu voudrais aller au stade avec papa ? On n'était pas d'accord avec Clara là-dessus. Elle voulait pas que je l'emmène, enfin pas tout de suite, elle disait que les stades de foot c'est violent, vulgaire, toutes les conneries des gens qui n'y vont jamais. Moi je disais bon d'accord on en reparlera, et j'en reparlais un mois ou deux plus tard mais globalement j'étais docile, le foot ça avait déjà créé assez d'emmerdes comme ça entre nous. Parfois les emmerdes faut les laisser où elles sont, surtout quand elles sont pas là, c'est con à dire mais pas toujours facile à appliquer. Mais là j'avoue j'ai pas pu m'empêcher de proposer au gamin de l'emmener au Parc alors que j'avais donné ma parole à Clara. J'ai été pris dans l'élan, c'était trop beau cette histoire de buts à l'extérieur. Bon de toute façon y a pas eu de suite, hélas trois fois hélas comme on dit, ça n'a eu strictement aucune conséquence, aucune emmerde, aucune embrouille, aucun argument à inventer, rien, parce que le gamin, quand je lui ai demandé s'il voulait que je l'emmène au Parc, eh ben il a même pas détourné les yeux de la télé, il m'a même pas regardé, il a, il a haussé les épaules. Il a maintenu ses yeux sur l'écran, sur le match auquel il devait rien capter, et il a haussé les épaules. Pas un mot. Pas un oh oui papa, oh oui et on ne dira rien à maman, ou juste un petit signe d'intérêt, je demandais rien de fou, juste une réaction, une réponse. Il a haussé les épaules sans rien dire. S'il avait eu quinze ans il aurait dit je m'en bats les couilles et il serait allé se rouler un pète avec ses potes, et à la limite j'aurais préféré. Mais là même pas un pote en vue, ses potes c'était nous, à cet âge-là c'est nous ses potes, c'est ses parents, c'est moi, son père. Normalement quand ton daron il te propose d'aller voir un match de foot tu sautes au plafond, t'en peux plus, tu comptes les jours ! Il a haussé les épaules, et cinq minutes après il regardait même plus le match, il jouait aux Playmobil.

Ça m'a foutu un coup ah ouais. J'ai pas osé le dire aux potes d'ailleurs. La fois d'après, quand on s'est retrouvés pour boire un coup avant le match comme à chaque fois, eh ben j'ai rien dit. Ça faisait un moment que les autres ils me demandaient quand j'allais emmener mon petit, Fred il me disait qu'à sept ans il connaissait déjà le Parc comme sa poche, j'étais le roi du Parc à sept ans il disait, mon père il m'emmenait depuis tout petit, je savais à peine parler que je gueulais Marseille on t'encule, c'était sa grande blague, mes premiers mots c'est Marseille on t'encule. Et puis surtout y avait Coco, qui lui avait déjà emmené son fils plusieurs fois, son fils qui n'avait qu'un an de plus que le mien. Adorable ce gosse d'ailleurs, il s'était tout de suite fondu dans le moule, fallait voir sa tronche quand son père craquait un fumi, c'était Fantasia dans ses yeux, et son daron Merlin l'enchanteur ! Normal. T'as cinq piges, tu tiens à peine debout, tu rentres dans un putain de cratère avec quarante mille barjots autour, y a des couleurs, du bleu du rouge, des lumières qui éclatent un peu partout, le grand rectangle vert tout en bas on dirait l'océan, ça sent plein d'odeurs, les merguez, la poudre, le shit, t'as tout ça qui se mélange et qui explose quand les joueurs sortent du tunnel. Tu dois pas comprendre que vingt-deux mecs vont se rentrer dedans mais tu t'en fous, t'es englouti, c'est énorme. C'est ça le Parc. Le petit à Coco il en redemandait. Un petit normal quoi.

Vas-y c'est quoi cette coïncidence de merde, je pense à Fantasia et là y a le panneau Disneyland sur le bord de la route, Mickey avec son bonnet de magicien qui indique la direction. Ça me fait tellement flipper ce genre de coïncidence, j'ai l'impression qu'un vieux barbu contrôle ma vie, ou un esprit, enfin plutôt un dieu de la mythologie, si ça se trouve il a le même chapeau que Mickey d'ailleurs l'enculé, et il doit bien se marrer, il doit se dire ah tiens le panneau il est dans cinq kilomètres, eh ben je vais me débrouiller pour que cette petite merde dans sa 207 en vienne à penser à un truc qu'il y a sur le panneau, je vais bien me marrer avec les autres dieux de la mythologie, on va se décapsuler une Kro, on va se caler dans le canap' et on va mater cette petite merde dans sa 207 pourrie qui va flipper sa race en se demandant comment il a pu penser à Fantasia puis voir le panneau Disneyland dix secondes plus tard. Eh ben vous êtes grillés les gars, j'ai tout capté, je sais que vous existez, c'est qui qui flippe maintenant ? Oulah ça me rend taré toujours ce genre de truc, je perds les pédales, c'est juste un hasard, le hasard ça existe, ça fait flipper mais ça existe.

Je crois que dans le genre, la pire histoire qui m'est arrivée c'est celle du resto avec Clara. On se faisait un petit resto tranquille, enfin à moitié, c'était le début de notre relation donc c'était encore un peu stressant, faut trouver des trucs à se dire, faut pas paraître trop con, faut être prévenant, attentionné, et en même temps faut pas avoir un balai dans le cul donc faut réussir à se libérer un peu, bref tout le monde a déjà vécu ça, le genre de moment où t'as pas envie que quelqu'un écoute à côté. Eh ben on s'installe, on commence à discuter, on prend une planche de charcuterie, une bouteille, pas la moins chère mais pas la plus chère non plus, on se met à parler, c'est un peu laborieux même si au début c'est assez simple, tu racontes ta journée, tu grossis des petits détails de ta vie en jolies aventures, j'étais pas mauvais à ce jeu-là d'ailleurs mais bon, pas méga à l'aise non plus, et là, évidemment, qui s'assoit à la table juste à côté, eh ben mon ex. C'est vraiment une histoire de merde quand j'y repense, je vois ça dans un film je lui chie dans la bouche au scénariste, t'as pas le droit d'inventer un truc aussi nul, et pourtant Dieu sait qu'il y a des films comme ça, Dieu sait qu'il y a des scénaristes de merde, et d'ailleurs Dieu est un scénariste assez médiocre, lui et ses potes y a des fois où ils fument beaucoup trop de shit, ils créent des situations toutes pétées dans les restaurants et ils se tapent des grosses barres de rire, je sais pas où ils se fournissent. Certes on habitait dans une petite ville avec un seul et unique resto un peu chic, c'est donc le genre de truc qui peut arriver mais quand même, elle était pas obligée de venir ce soir-là, avec son nouveau mec, et de s'installer pile, mais alors pile à côté de moi. C'est l'une des premières fois où je me suis dit ah ouais, soit le hasard c'est vraiment de la merde, soit y a des petits malins qui s'amusent avec nos vies et là j'ai été pris d'un vertige. Enfin surtout c'était le truc le plus gênant du monde, j'étais tétanisé, on s'est dit bonjour, impossible autrement, on a fait les présentations vite fait en restant allusifs sur comment on se connaissait, parce qu'elle avait pas tellement intérêt non plus à être précise, elle était avec un mec, et d'ailleurs ce gars il ressemblait à rien du tout, mais alors vraiment rien, elle m'avait tèje deux ans avant pour cette espèce d'informaticien, c'est fou ce qui peut se passer dans la tête des meufs parfois mais bref, on a essayé de faire nos vies, de cloisonner les discussions alors que c'était impossible, j'avais l'impression de voir son oreille s'allonger tellement c'était évident qu'elle perdait rien de ce que je disais. Quel enfer putain, j'ai des frissons en y repensant, le dîner le plus long de ma vie même si j'ai tout fait pour l'écourter au maximum. D'ailleurs Clara elle sentait qu'il y avait un truc chelou, et d'ailleurs au final j'espérais qu'elle avait capté, parce que sinon elle devait vraiment se dire qu'elle dînait avec un gros autiste. Je lui ai expliqué après coup. C'est con, on aurait pu le dire pendant le dîner, on se serait marrés et on aurait peut-être passé une bonne soirée, qui sait. Mais je crois qu'en fait j'avais aucune envie de parler avec l'informaticien en face de mon ex. Quelle pédale celui-là quand j'y repense, je le revois en train de choisir le vin, mon Dieu heureusement que je suis pas trop impulsif, je lui aurais mis un chassé direct si j'avais été aussi impulsif que Fred par exemple, lui c'est un impulsif un vrai, c'est arrivé qu'il mette des balayettes à des gars juste parce qu'ils l'ont regardé bizarre, juste un coup d'œil, alors heureusement qu'il était pas là Fred, s'il avait vu la grosse tarlouze d'à côté choisir le vin, tourner son verre, regarder la couleur en plissant les yeux, faire un bruit de langue en goûtant, genre vas-y un petit bain de bouche pourrait me faire du bien, puis regarder le serveur et dire *exc*ellent en insistant sur le *exc* eh ben tu peux être sûr que Fred il lui aurait fait sauter toutes ses dents du haut. Enfin je m'emballe, en vrai c'est cool de s'y connaître en vin, je dois être un peu jaloux. Parfois je me demande s'ils sont encore ensemble mon ex et sa grosse tata. Et puis je me demande surtout ce qui serait arrivé si nous on était restés ensemble tous les deux avec mon ex. On aurait peut-être trois gosses super intelligents. Ou pas de gosse du tout et donc pas d'emmerdes. Pas d'interrogation sur Disneyland, Mickey n'aurait aucun effet sur moi.

Alors que dans la réalité, j'ai regardé des dessins animés avec Clara et le gamin. Au début c'était un peu n'importe quoi, on lui mettait France 4 ou Canal Jimmy et il matait des trucs immondes le pauvre, c'était un peu lâche de notre part mais au moins on avait la paix. Et puis un jour Clara a décidé d'instaurer un truc. Elle a décrété que le dimanche après-midi, c'était Crêpes et Disney. Ça sonnait bien et c'était pas con, un bon repère pour le gamin, un moment à partager tous ensemble. Moi ça me convenait, d'autant qu'il y avait rarement des matchs au Parc le dimanche après-midi, c'était plutôt le samedi ou le dimanche soir, surtout le dimanche soir en vrai, qu'est-ce qu'on a pu s'engueuler avec Clara au sujet du dimanche soir… C'est ouf les meufs et leurs principes. Genre le dimanche soir c'est sacré, pas touche, on se fait un petit film avant d'aller au lit parce que c'est le dernier moment de détente avant une dure semaine de labeur. Elle aurait été au chômage elle aurait employé la même expression, une dure semaine de labeur, elle me disait toujours ça avant que le gamin naisse, et après c'était il faut qu'il ait des repères ce petit, qu'est-ce que ça veut dire de ne pas avoir son père au moment de se coucher le dimanche soir et tout et tout. Elle me faisait culpabiliser alors que je voulais juste passer un moment avec mes potes, tout comme elle passait des moments avec ses copines elle aussi, et moi je disais jamais rien, jamais je l'ai ouverte parce qu'elle s'offrait une soirée entre meufs mais bref, je divague, je parlais des dimanches Crêpes et Disney.

Ben super idée, bravo, j'adore les crêpes et Disney aussi j'aime bien, surtout les très vieux, j'en regardais pas mal quand j'étais petit, or toutes les choses qui me rappellent mon enfance me font plutôt du bien en général, j'étais un gamin tout ce qu'il y a de plus heureux et équilibré, merci papa merci maman. Mon daron il ouvrait pas souvent la bouche mais quand tu rentres du boulot fracassé t'as pas forcément très envie de parler, ça je l'ai vite compris. Et puis ma mère elle arrêtait pas de jacter, ça compensait, d'ailleurs les rares fois où mon père il l'ouvrait c'était pour dire la jacteuse et ça faisait marrer tout le monde, ma mère en premier. Le cœur sur la main ma mère, elle faisait à manger à tout le monde sans jamais se plaindre et même en souriant, c'était son usine à elle mais elle souriait, faire à manger pour quatre monstres comme mon père moi et mes frères c'était comme aller à l'usine, ça c'est clair. On n'avait pas grand-chose mais on avait de quoi bien bouffer, même des crêpes des fois, et surtout on avait des cassettes vidéo, Le livre de la jungle, Les Aristochats, Robin des bois, ces trois-là avant le reste, le trio de tête, on les regardait en boucle jusqu'à ce que mon grand frère ce fils de pute il nous traumatise avec ses films d'horreur puis avec ses films de boules, le coup classique, ça forge un caractère j'imagine. J'ai quand même plus de souvenirs de Mowgli que des doubles péné, mon frère était pas sadique non plus, il nous montrait des extraits vite fait pour nous impressionner c'est tout, des extraits des films qu'il enregistrait pendant la nuit sans le dire aux parents, je lui jette pas la pierre j'aurais sans doute fait pareil à sa place. Je me souviens mieux de Mowgli parce que je l'ai souvent vu affronter Shere Khan, des centaines de fois j'ai dû le voir, et n'empêche c'était un sacré petit homme, il m'impressionnait le con ! Élevé dans la jungle le petit homme, autant dire pas élevé. Y a des serpents et des tigres qui veulent le bouffer et lui il montre les poings, il se défile pas. Jamais il se plaint, jamais il demande sa maman, il s'en bat les couilles Mowgli, c'est le roi de la jungle. Franchement c'est une leçon de vie, c'est admirable, on peut se foutre de ma gueule mais j'ai souvent pensé à Mowgli plus tard dans ma vie, quand c'est devenu plus dur, quand c'est pas des serpents qui veulent te bouffer mais des trucs beaucoup plus nuls genre des factures à payer, des petites humiliations au boulot, des meufs qui te jettent alors que t'as rien fait, que t'es juste toi-même. Je repense souvent à Mowgli dans ces moments-là et je dis pas que c'est un remède miracle mais voilà, ça fait relativiser. Du coup ça pouvait faire une super éducation pour le gamin, Le livre de la jungle, fallait lui montrer dès le plus jeune âge, il se rendrait peut-être compte de la chance qu'il avait d'être né ici, avec nous, et qu'avoir un père absent de temps en temps le dimanche soir c'était moins pire que d'être élevé par Baloo, j'ai rien contre Baloo mais bon c'est pas un père, ça se voit. Clara elle avait ses préférences, c'était pas tellement Le livre de la jungle ou un autre du trio de tête malheureusement mais je préfère retarder le moment où je vais repenser à ses préférences à elle, je sais que ce souvenir va arriver c'est obligé mais autant qu'il arrive plus tard. Elle aimait quand même bien Le livre de la jungle, et quand on a instauré le dimanche Crêpes et Disney la première fois j'ai dit vas-y on le met, elle a pas dit non même si elle a pas dit oui non plus. Qui ne dit rien consent j'ai pensé, et je me souviens d'avoir pensé ça parce que cette expression elle me fait délirer. Déjà elle est bien pratique, elle s'applique souvent, et puis je peux pas m'empêcher d'ajouter qui ne dit rien consanguin, c'est plus fort que moi, à tous les coups je mets la petite rallonge. C'est à cause de la banderole contre ces consanguins de Lensois où les mecs de Boubou ils les traitent aussi de chômeurs et de pédophiles et ça m'arrache toujours le même sourire, pardon mais pour moi c'est la banderole la plus goleri de l'histoire des banderoles, c'est la meilleure, numéro 1, désolé pour les Lyonnais qui j'avoue ont eu des bonnes idées les soirs de derby. Bref, elle a pas dit non au Livre de la jungle.

Alors je me revois télécharger le film pendant qu'elle fait les crêpes. J'étais comme un gosse. Un peu fébrile, genre stressé et content comme quand on veut faire découvrir un truc qui nous tient à cœur à quelqu'un, je me disais oh là là le kif pour le gamin il va découvrir Le livre de la jungle, c'est un jour à marquer d'une pierre blanche. J'étais tellement heureux de lui faire découvrir ce Disney. J'étais prêt à renoncer au Nutella pour le restant de mes jours si on me l'avait demandé, si genre Dieu avait voulu un sacrifice, une petite compensation pour vivre un tel bonheur, mais même pas besoin, y avait le Nutella et l'argent du Nutella, un pot tout neuf, Clara elle avait tout prévu, à croire qu'elle avait pensé aux dimanches Crêpes et Disney depuis des années. Je télécharge le film, il arrive en cinq minutes, je fais un test, c'est bon, c'est pas une mauvaise surprise comme toutes les fois où je suis tombé sur des gang bang à la place des films que je voulais télécharger, l'image est impeccable, c'est en français, aucune trace de québécois, c'est un rêve éveillé ce moment. Ah là là c'est un plaisir de repenser à ce moment parce que des rêves éveillés on n'en a pas vécu beaucoup tous les trois, aucun qui s'est prolongé au-delà d'une courte nuit, aucun où je me suis pas réveillé en sursaut en me disant putain nique sa mère c'était qu'un rêve. Là le rêve s'est prolongé, le gamin il a kiffé sa grand-mère, Bagheera, Baloo, les singes, il se prenait pour Mowgli le gamin, il a sauté sur le canapé pendant toute une semaine ! C'était dingue, j'avais l'impression d'avoir un petit homme à la maison, je pourrais le lâcher dans la nature il irait tout seul à l'école et il boufferait ses potes, tout le monde lui sucerait la bite, ce serait le chef de la meute ! Ah là là ce moment quand j'y repense j'en ai des frissons, une semaine bénie des dieux. Mais bon dans tous les rêves, même les éveillés, y a un réveil, c'est inéluctable, et même si celui-là il a duré longtemps, que ça a été la plus belle semaine de toute ma vie, enfin en tout cas de notre vie à tous les trois, eh ben ça a duré une semaine pas plus, le dimanche d'après on a regardé Cendrillon.

C'est Clara, elle m'a lâché un truc genre la semaine dernière c'est toi qui as choisi eh ben cette fois c'est moi. Et son Disney préféré, elle, c'est Cendrillon. Nique sa race le gros cliché. Moi je voulais être le roi de la jungle et elle elle cherchait le prince charmant. Donc déjà c'est un peu vexant, apparemment le prince charmant n'est pas à la maison… heureusement tu me diras, quelle horreur ce prince charmant, c'est ouf que Disney ait pu passer de Mowgli à cette grosse pédale quand on y pense, j'ai jamais compris. Mais bref, le pire dans l'histoire c'est pas que Clara cherchait encore le prince charmant alors que j'étais là. Le pire c'est la suite, c'est le gamin devant

Cendrillon. Je l'avais jamais vu comme ça le gamin. Captivé, mais captivé... Il était dans son délire, y avait plus rien autour. Les crêpes n'existaient plus, le Nutella n'existait plus, ses parents n'existaient plus, Mowgli avait jamais existé, terminé Le livre de la jungle, allez bien tous vous faire foutre Bagheera Baloo et tous les autres. Incroyable. J'aurais pu me mettre à poil, faire l'hélicoptère avec ma bite, m'amuser avec Clara comme on avait l'habitude de le faire la porte fermée, il aurait pas lâché la télé des yeux le gamin, il était plus avec nous. Il était dans le château avec les trois salopes et leurs énormes culs, il était Cendrillon. Ah là là j'ai beau avoir pris sur moi c'est encore dur à dire, il était Cendrillon. Quand il imitait Mowgli en poussant des petits cris c'était de la gnognotte à côté, je m'en suis tout de suite rendu compte. En réalité il s'était pas tellement identifié à Mowgli. Il avait juste sauté sur le canapé, il avait fait le guignol comme tous les gamins auraient fait. Là il était incapable de sauter sur le canapé, il pouvait plus bouger, figé, scotché, tout ce que tu veux, le corps ici mais la tête complètement ailleurs, hypnotisé par le côté obscur de Disney, c'est comme ça que je l'ai appelé ensuite cet aspect de Disney, le côté obscur, même si dedans tout est rose et mauve et dégoulinant comme des bonbons dégueulasses. Mais bon voilà, je vais pas te faire un dessin, finalement mon gamin se voyait en Cendrillon et pas en Mowgli.

C'est pénible d'y repenser mais il faut bien que je regarde la vérité en face, d'ailleurs c'est ce que je fais depuis mes quarante-cinq ans. Ça fait six mois que j'essaye de regarder la vérité en face et je crois bien y être parvenu, sinon je ne serais pas dans cette voiture. Y a eu un déclic et d'ailleurs Mowgli y est encore pour quelque chose, parce que je me suis fait la réflexion que Mowgli il aurait forcément regardé la vérité en face lui aussi. Sans ça, et sans mes quarante-cinq ans qui m'ont mis un gros coup derrière la tête (c'est bizarre c'est pas un chiffre rond mais bref) sans ça je serais encore chez moi tout seul comme un gros con. Tout seul à stagner, enfoncé dans le canapé, la télé éteinte, le regard vide, et peut-être pas à stagner d'ailleurs, à régresser peut-être, à ralentir, ou alors à accélérer mais pas dans le bon sens, à foncer vers la mort, parce que c'est sûr, tout seul dans mon salon j'allais droit au cimetière.

Longtemps j'ai pas regardé la vérité en face. Enfin disons que la vérité me crevait les yeux, elle m'aveuglait, et dans ces cas-là on voit rien c'est logique. Après Cendrillon j'ai essayé de rattraper le coup, je lui ai mis un truc de bonhomme genre Aladdin, je me suis dit allez si ça se trouve il va kiffer Jafar, ce serait goleri quand même, et franchement il a bien aimé dans l'ensemble mais nique sa mère, il a réclamé Cendrillon tout de suite après. Il a toujours réclamé Cendrillon à partir de ce moment-là.

Et alors là où Disney est diabolique, c'est que ça s'arrête pas à des films. Ça s'arrête pas au dimanche après-midi entouré de papa-maman à s'identifier à Cendrillon avant de retourner tranquillement faire les devoirs comme si de rien n'était, à dîner puis à filer au lit, non, Disney c'est un putain de vicelard. Y a le film, et puis y a le poster, et puis y a le cartable, et puis y a le pyjama, et puis la trousse, le stylo, la casquette, les chaussons, les chaussures, les lacets, y doit même y avoir des putains de couches avec Cendrillon dessus ! Si je m'y étais pas opposé, le gamin il aurait été habillé Cendrillon de la tête aux pieds. J'ai pu éviter ça mais j'ai pas pu éviter le pyjama. Je m'en souviens bien du pyjama.

Nique sa grand-mère ça oui je m'en souviens.

Avec Clara, c'était vénère ce soir-là. Elle m'a rien dit la pute. Putain je l'aime Clara, Dieu sait comme je l'aime, mais je peux pas m'empêcher de dire la pute quand je repense à ce moment. Je suis arrivé le soir, je me souviens c'était l'hiver, un de ces soirs d'hiver où t'es bien content de rentrer chez toi parce que dehors il caille sa race, que tu vas retrouver ton petit canap', t'ouvrir une petite bière, manger un petit truc bien consistant et recharger tout ce que t'as déchargé pendant cette longue journée à te faire chier. Alors je rentre chez moi, tout content, et là Clara vient m'accueillir en mode mon chéri comment ça va, tu as passé une bonne journée, tu n'as pas eu trop froid, que des trucs elle s'en bat les couilles d'habitude. Pas sûr que ça m'ait mis tout de suite la puce à l'oreille, mais ça aurait dû. Elle avait un sourire… Je l'avais jamais vue sourire comme ça, jamais, même le jour où je lui ai offert la bague elle a pas souri comme ça, ou la première fois qu'on est partis en vacances, non, jamais, ce sourire du coup c'est lui qui m'a mis la puce à l'oreille, ça a été une espèce de gifle, ça m'a secoué au lieu de me faire du bien, je me suis dit oulah mais qu'est-ce qui peut la rendre aussi heureuse, et c'est là que j'ai commencé à me poser des questions. Mais bon pas longtemps, la réponse elle est arrivée bien vite, bien trop vite. C'est le gamin qui a apporté la réponse en faisant son apparition avec le pyjama Cendrillon. Cette fois grosse droite dans ma gueule, ça m'a fracassé. J'ai rien dit. J'ai commencé par enlever mon manteau, à délacer mes chaussures, tout doucement, j'essayais de retrouver mes esprits. Je me disais le gosse il mérite pas que je m'énerve mais je vais pas réussir à me contenir. Je me disais je veux pas le faire souffrir ce gosse, il y est pour rien au fond, par contre il faut que je m'explique avec Clara. Alors j'ai pris Clara par le bras et j'ai dû la serrer vachement fort parce qu'elle a poussé un petit cri, un cri pas du tout excitant, pas comme quand on baise, un petit cri vraiment douloureux. J'aime pas lui faire mal, d'aucune manière, je l'aime Clara, je l'ai toujours aimée comme un dingue, mais j'ai pas desserré l'étreinte. Je l'ai traînée jusqu'à la chambre et ça a été rapide, elle s'est laissé faire, elle a dû comprendre qu'il fallait vite aller dans une autre pièce, que c'était mieux pour le gamin. On est arrivés dans la chambre, j'ai claqué la porte et je lui ai dit tu m'expliques ? Elle m'a raconté le truc assez calmement, pour ça je l'admire Clara, cette capacité à garder son calme en toutes circonstances, même devant un sauvage, parce que là j'étais un sauvage, ça paraît fou, c'était juste une histoire de pyjama mais j'avais vrillé Sheitan, je crois que j'aurais pu la fracasse Clara, dans d'autres circonstances, ou si j'avais eu une autre éducation, ou si j'avais été plus impulsif, ou si j'avais été complètement bourré je sais pas mais j'aurais vraiment pu la fracasse, j'ai jamais levé la main sur elle mais ce soir-là j'ai jamais été aussi proche de le faire. Une envie de violence... Elle m'a dit qu'ils étaient allés faire les courses tous les deux comme d'habitude le mercredi, qu'ils avaient fait un tour dans la grande galerie marchande, le petit parcours habituel, rayon jardin, rayon électroménager, rayon vêtements, elle devait s'acheter des chaussettes ou je ne sais quoi, puis dans le rayon vêtements le rayon enfants, et enfin le rayon Disney. Il s'appelle pas comme ça ce rayon mais je vois très bien comment il est, y a du Disney partout, une orgie, un Disneyland en plus petit. Évidemment tu lâches un gosse au rayon Disneyland il en peut plus, il veut tout acheter. Enfin le nôtre pas tant que ça, lui c'était Cendrillon et rien d'autre. Elle m'a dit il le voulait tellement ce pyjama, tu aurais vu ses yeux... tu aurais vu ses yeux toi aussi tu lui aurais acheté le pyjama Cendrillon. J'ai dû être assez cash en réponse, lui dire mais va te faire enculer avec ton pyjama, va te faire enculer avec Cendrillon, j'ai pas été super finaud et donc c'était parti : elle a répliqué en haussant le ton et on s'est engueulés, on s'est vraiment, vraiment engueulés. Pour moi c'était pas possible d'encourager ça, je voulais pas que le gamin il s'habille en Cendrillon, sérieux, si ça commençait comme ça c'était quoi la suite ? C'était la robe, c'était le mascara, c'était le prince charmant. Ça crevait les yeux putain, et Clara elle faisait comme si elle voyait pas. Elle m'a répondu un truc genre l'important c'est son bien-être, l'important c'est que notre fils soit heureux, c'est son bonheur qui en fera un homme équilibré, bien dans sa tête et tout et tout. Genre : t'es une grosse pédale ? ce n'est pas grave mon chéri si tu es bien dans ta tête. Comment on peut raisonner comme ça ? C'est impossible. C'est impossible. Une grosse pédale elle se fait victime par tout le monde, elle peut pas être bien dans sa tête. Elle se fait fracasse sur le trottoir, elle prend cher en permanence, les coups, les insultes, le sida, elles peuvent pas être bien dans leur tête les grosses pédales ! Je sais plus si je suis allé aussi loin dans le raisonnement face à Clara mais en tout cas j'avais déjà tout ça à l'esprit. Si le petit il se mettait à enfiler des pyjamas Cendrillon eh ben son destin il était tout tracé, dix ans plus tard c'était une bite dans le cul et des chassés dans la gueule. On n'a jamais vu un petit mec bien finir avec un pyjama Cendrillon, ça n'existe pas, ce genre de connerie c'est dans la tête des meufs et nulle part ailleurs. Bref passons, je crois qu'il est temps que je m'arrête sinon je vais exploser. Prochaine sortie dans deux kilomètres, ben c'est nickel ça, pour une fois la vie est bien faite. Y a un Bœuf Jardinier en plus, vas-y je me fais une côtelette, c'est pas l'heure mais j'ai grave envie d'une côtelette, elle va chasser mes idées noires. Allez hop, clignotant, clitoris comme dit Nabil, putain qu'il est con ce Nabil, il détourne toujours les mots, tu peux lui dire lampadaire il va te trouver une association d'idées c'est un ouf, y a toujours un moment où j'ose plus l'ouvrir avec lui, de loin le mec le plus intelligent que je connaisse. Son grand truc c'est la religion. Il arrête pas de cracher sur les croyants. Y a une église à côté du Parc, eh ben à chaque fois qu'on passe devant et que quelqu'un y rentre il dit regarde-moi ce cannibale, oh le beau cannibale, il va bouffer le corps du Christ j'espère que ce sera bon, et il part dans des délires sur les chrétiens qui n'ont rien trouvé de plus con que de bouffer Jésus pour lui prouver leur amour. J'avoue ça me fait réfléchir ce genre de truc. Je me dis ah ouais leur religion elle est vraiment stupide, et alors je fais 1-0 pour l'Islam ! et là Nabil il est capable de me sortir un truc encore plus con sur la religion musulmane et je fais 1 partout ! et ça peut durer assez longtemps, il a une culture je te jure. Non ça va, pas besoin d'essence, j'en ai assez, et puis c'est hors de prix l'essence sur les aires d'autoroute, c'est vraiment des fils de chien ils savent qu'ils te tiennent par les couilles tu peux rien faire, t'es pris au piège. À leur décharge ils font de bonnes côtelettes, ça on peut pas leur enlever, surtout le Bœuf Jardinier, j'en salive à l'avance, j'ai une grosse dalle d'un coup, c'est pas l'heure mais c'est pas grave, je vais m'enfiler cette côtelette et je vais repartir comme en quarantaine. Autre blague de Nabil, ouais il est pas toujours très drôle.

14,90 euros la côtelette, putain j'avais oublié qu'ils se touchaient aussi sur les plats les petits coquins, elles sont bonnes mais 14,90 euros faut les sortir.

Allez rien à foutre je m'offre aussi une crème caramel, c'est pas tous les jours qu'on fait le voyage de sa vie.

Je kiffe les aires d'autoroute. Je sais pas comment ils font mais c'est des boîtes à souvenirs ces endroits. Déjà ça te rappelle les moments où t'es venu avec tes parents, et vu que c'était forcément les vacances c'est forcément des bons souvenirs. Et comme elles se ressemblent toutes eh ben y a toutes les chances pour que le bon souvenir te gicle à la gueule quand tu te gares sur leur parking tout pourri. Ensuite dans le Bœuf Jardinier mon moment préféré c'est celui où je chope le plateau. Ça aussi c'est partout pareil. Les plateaux c'est tous les mêmes, y compris à la cantine quand j'étais gosse, et voilà deuxième salve de souvenirs, la cantine avec les potes. De la maternelle au lycée on avait les mêmes plateaux et les mêmes petits verres avec les chiffres à l'intérieur, je sais pas à quel âge les gens arrêtent de faire des jeux et de délirer avec les petits chiffres des verres mais moi je crois que je l'ai toujours fait jusqu'à la dernière année de lycée. Ah là là les moments à la cantine c'est des bons souvenirs n'empêche, même quand la bouffe était immonde on arrivait à passer des bons moments, même quand ça chlinguait la morue c'était cool, on rackettait les bouts de pain des petits merdeux à côté et finalement c'était pas plus mal, on rigolait encore plus. C'est marrant n'empêche, y a toujours des gros cassos à la cantine, toujours, tu vas dans n'importe quelle école de France tu trouves des cassos à qui carotte des bouts de pain. Au début on s'amusait à leur faire peur et ensuite on se contentait de se servir sur leurs plateaux tout en examinant leur tronche de cassos, et ils disaient rien, c'est limite s'ils nous tendaient par leur assiette, vous désirez autre chose ? Mon Dieu quelle bande de vicoss, c'était tellement drôle que ça j'arrive pas à le regretter. Y a d'autres choses que je regrette, des méchancetés qui avec le temps paraissent quand même un peu cruelles, mais là c'est une affaire de bouts de pain, de desserts et d'entrées parfois, oui ça arrivait qu'on ait très faim, mais ça n'allait pas plus loin et puis on leur cassait pas la gueule aux cassos, y a pas mort d'homme. Bon vas-y je me prends un coca aussi, côtelette, crème caramel, coca, bats les couilles je me fais plaisir. Viens là petite carte bleue, hop, sans contact, merci madame, je m'installe, y a personne autour, juste moi et ma côtelette, à nous deux ma jolie. Il manque juste deux ou trois petits cassos pour l'animation mais on peut pas tout avoir. Parfois je me demande comment il était à l'école Nabil. Il devait pas être comme les cassos mais il est tellement intelligent qu'il devait pas être comme moi non plus. Il est pas comme les autres le Nabil, je crois que le mot c'est hypermnésique. Un surdoué quoi. Il est capable de sortir tous les gagnants des Oscars depuis 1940, c'est Wikipédia le mec. Pourtant il fait pas grand-chose de sa vie (comme pas mal de surdoués il me semble). Il joue à Fifa, il fume des gros joints et il mate des films, ah ouais ça des films il en mate, mais je crois pas qu'il fasse grand-chose d'autre à part rouler des spliffs devant son écran. C'est hallucinant d'ailleurs ce qu'il peut fumer comme pétards, ça rend son talent d'autant plus remarquable, le gars a une mémoire de fou alors qu'il fait vivre trois dealers et leurs familles nombreuses à lui tout seul. Les Oscars, c'est un autre jeu entre nous. Je lui dis vas-y meilleurs costumes en 1978 et il répond et il a bon, il a tout le temps bon, il se trompe jamais. En général il répond du tac au tac mais parfois il a une légère hésitation, il réfléchit pendant deux ou trois secondes, et ça j'ai jamais pu comprendre, pour moi soit t'as la réponse soit tu l'as pas, t'as pas besoin de chercher pendant trois secondes qui a eu l'Oscar des meilleurs costumes en 1978, soit tu sais soit tu sais pas. Mais bon il est pas comme nous Nabil, il a un cerveau gros comme ça, il doit fonctionner autrement. Et il n'aime pas l'échec. Une fois il s'est trompé. Sur un truc très simple en plus, je m'en souviens, le meilleur second rôle masculin en 1990. Il a dit Daniel Day-Lewis, c'est resté gravé tellement c'est rare qu'il se trompe, toute ma vie je me souviendrai du meilleur second rôle masculin aux Oscars en 1990, c'est-à-dire Denzel Washington et pas Daniel Day-Lewis, lui c'était le meilleur acteur tout court cette année-là. Et franchement j'étais tellement surpris que j'avais moins confiance en Wikipédia qu'en Nabil, j'ai dit attends attends et je suis allé vérifier sur le site officiel de l'Académie des Oscars pour être sûr, il avait pas pu se tromper Nabil, c'était jamais arrivé ! Sauf que si, cette fois il avait tort, il avait inversé Denzel Washington et Daniel Day-Lewis, j'ai été désolé de lui dire, et sincèrement désolé d'ailleurs, j'ai toujours trouvé ça cool d'avoir un pote intelligent à ce point, j'étais son premier supporter, je voulais qu'il reste à 100 % de réussite, je voulais que son sans-faute soit éternel. Hélas l'histoire en a voulu autrement. Et alors je te dis pas la tronche de Nabil quand je lui ai dit qu'il s'était trompé. Il m'a arraché le portable des mains pour vérifier, il est resté plongé dans l'écran au moins deux minutes à marmonner, il était secoué de ouf. Faut le comprendre, ça a dû remettre en question tout un tas de choses. Y avait un truc fiable dans sa vie, sa mémoire, en vrai pour le reste sa vie elle partait un peu en cacahuète, et là ce truc fiable avait commencé à le lâcher. L'avenir allait vite remettre les pendules à l'heure mais sur le coup on pouvait craindre qu'il était foutu. Du coup il a murmuré plein de trucs dans sa langue d'hypermnésique puis il s'est rendu à l'évidence, il s'était trompé. Il m'a rendu mon portable, et il a plus rien dit de l'après-midi. On allait au Parc, c'est sur le chemin du Parc que ça s'est passé, et ensuite il a rien dit du match. Je me souviens plus trop de ce match d'ailleurs, juste qu'on marque un but à un moment, et alors d'habitude Nabil c'est le premier à me sauter dessus, c'est un sauvage, il m'attrape la gueule au point que ça m'arrive de regretter qu'on ait marqué un but, surtout quand on mène déjà 3-0, dans ces conditions-là franchement je préfère limite un 3-1 à un 4-0 parce que je sais que Nabil il va me démonter, et en vrai j'aime ça sur un 1-0 ou un 2-0 mais après vaut mieux la jouer sobre et tant pis pour la différence de buts, mais là rien de tout ça, il a peut-être levé les bras c'est tout, comme tous les pédés hors des virages, ah ouais Nabil ce jour-là il était en tribune canapé. Quand j'y repense j'en peux plus, tout ça à cause de Daniel Day-Lewis, je suis éclaté de rire, mais sur le coup je le comprenais, je me suis dit oulah il va vite falloir refaire un quiz et ça va être le moment de vérité. J'ai passé une semaine à baliser avant de le revoir. J'y pensais tout le temps, je me disais putain si ça se trouve Nabil il est changé à tout jamais, il va se braquer, il va perdre ses moyens, il va plus se souvenir du nom de sa mère, ah ouais j'allais loin dans mes délires, mais quand on s'est revus il avait l'air normal, on a refait un quiz, il a trouvé le meilleur scénario original en 1969 et tout est rentré dans l'ordre. J'ai pas voulu faire simple parce qu'il l'aurait mal pris. Si je lui avais demandé le meilleur film en 2000 il m'aurait craché à la gueule et surtout il aurait capté que j'avais des doutes sur ses capacités, alors je lui ai dit vas-y balance le meilleur scénario original en 1969 (ça par contre je me souviens pas du gagnant) et il a répondu direct, à l'aise, et c'était reparti, meilleure musique, meilleure photo, meilleur mixage en 1982 et tout et tout, un sans-faute, un champion Nabil, il est comme les grandes équipes il perd jamais deux fois d'affilée.

Eh ben elle a tenu ses promesses cette côtelette, la sauce était bien comme il faut, je vais m'enfiler la crème caramel et on va être nickel pour reprendre la route. Mais… oh putain… qu'est-ce que c'est que ça… Y a une famille qui vient de s'installer en face de moi mon Dieu c'est un bordel… cinq vicoss pour le prix d'un. Oh ces gosses… Le tour de taille putain c'est monstrueux, le plus petit il doit avoir dix piges il est plus large que moi. J'ai jamais pu supporter les gros, désolé, les gros c'est pas possible, c'est un concept que je comprends pas. Comment tu peux atteindre cent vingt kilos ? Comment tu peux te laisser aller jusqu'à atteindre cent vingt putains de kilos ? Y a bien un moment où tu te rends compte que t'es un peu gros et où tu fais gaffe. Apparemment y a des petits binoclards qui atteignent quatre-vingts, puis quatre-vingt-dix, puis cent, et allez ils s'en battent les couilles ils reprennent un pain au chocolat, et vas-y les cent dix kilos c'est pas ça qui va m'empêcher de reprendre une tartine, non non, les cent vingt non plus, je sue dans les escaliers, je sue pour aller aux chiottes, je sue pour me lever de table alors j'y reste, et cent trente, et un bol de Chocapic, et un deuxième, mais putain faut un peu se respecter en tant qu'être humain ah ouais, c'est les animaux qui passent leur temps à manger. Dans ce cas de figure n'empêche moi et mes potes à la cantine on aurait été bien utiles. On leur aurait chouré leurs bouteilles de Coca aux mômes, les trois mômes là ils ont tous une bouteille de Coca et entrée plat dessert, c'est incroyable, d'ailleurs il est quatre heures de l'aprèm et ils bouffent comme s'il était midi, je suis sûr qu'ils ont bouffé la même chose à l'heure du déjeuner, ça doit être leur cinquième repas de la journée les salopards, eux on peut leur faire confiance ils s'arrêtent toutes les deux heures sur l'autoroute. Le père il a une moustache… sérieux qui se fait encore la moustache aujourd'hui à part les pédés et les gros ? Même les flics ils ont arrêté. Même les flics gros ou les flics gays ils en ont pas, ça doit s'annuler genre plus et plus ça fait moins, ils sont carrément rasés de près les flics gays et les flics gros. En même temps ça serait pas humain d'être flic, gros, et d'avoir une putain de moustache en plus. Ah mais nique sa mère pourquoi j'ai ces visions d'horreur, qu'est-ce qu'ils ont foutu dans ma côtelette les fils de pute, j'ai même plus envie de finir ma crème caramel, vas-y je laisse le plateau, je débarrasse même pas, ils m'ont fatigué avec leurs bourrelets et leur côtelette empoisonnée là, putain mais nique sa putain de grand-mère la pute j'étais bien, je repensais à Nabil et à l'Oscar des meilleurs costumes en 1982 et une bande de sangliers a tout gâché, faut vite que je me fume une garot. Je sors sur le parvis, petit parvis avec des dalles en béton dégueulasses et des mégots dans les interstices comme sur toutes les aires d'autoroute, tiens il caille un peu, je m'en étais à peine rendu compte tout à l'heure. Mais on est mieux ici en fait, c'est plus décent d'observer la bande de sangliers à travers une vitre. Oh je te jure c'est des animaux, le plus grand de la portée il zyeute mon plateau ah ouais ! Il reste trois frites et une demi-crème caramel sur mon plateau, lui il a une entrecôte plus grande que moi pile sous son double menton et il zyeute quand même mon plateau ! C'est une expérience sérieux, c'est ouf d'observer ça. Limite il va bouffer son frère et sa sœur pour niquer la concurrence et choper mes restes. Ça doit se passer comme ça j'imagine, c'est le premier de la portée, le plus costaud, c'est lui qui doit avoir droit au fond des poubelles. Ah je suis curieux de voir s'il va vraiment s'emparer de ma crème caramel. Il est hypnotisé le môme. Le *môme*. Ouais c'est bien un *môme* un machin pareil, petit tas morveux dégoulinant. Vas-y je me rallume une deuxième clope je peux pas louper ça, si le petit gros il s'empare de ma crème caramel ça fait trop une bonne histoire à raconter. J'ai envie de filmer mais il va me griller si je sors mon téléphone, il osera plus s'approcher. Faut que je la joue fine, faudrait faire comme les journalistes en caméra cachée, ils sont bons eux, hop là ni vu ni connu à travers le manteau et je montre ça à toute la France. Ou alors je sors très vite mon portable dès qu'il bouge de sa chaise, comme les cow-boys avec leur guns dans les westerns, Clint Eastwood, bim je dégaine plus vite que mon ombre et l'autre il est tellement obnubilé par la crème caramel qu'il se rend même pas compte que j'ai dégainé, et hop je le saisis en train de se jeter sur mon plateau sous les yeux attendris de ses parents, papa sanglier dirait c'est bien mon fils régale-toi, maman sanglier dirait laisses-en un peu à ton frère et à ta sœur mon chéri, nous sommes une famille unie, nous partageons le fond des poubelles. Ça ferait tellement une vidéo chanmée Nabil il serait fou, lui non plus il aime pas les gros. Mais putain il tarde à passer à l'action le petit sanglier. Comment on appelle le petit du sanglier d'ailleurs ? Allez dis-moi tout Google, petit du sanglier, ah mais oui je suis con, le *marcassin*, c'est pas un nom si dégueulasse marcassin, c'est plutôt stylé même, et d'ailleurs c'est logique parce que c'est mignon un marcassin, y a des fois où la langue française elle est bien faite. Ah ouais sur Google images y a des marcassins t'as envie de les adopter, ils ont des jolies rayures beiges ils ont l'air tout doux. Tiens ça me fait penser à quand on est allés à Thoiry avec le gamin, allez vlan, encore un souvenir de merde. Mais bon le gamin au moins c'était pas un sanglier, il a toujours fait quinze kilos tout mouillé lui, c'était plutôt l'inverse, un flamant rose. Mais il aimait bien les animaux, comme tous les petits, là-dessus il était plutôt normal. Du coup on l'a emmené à Thoiry une fois avec Clara. Il devait avoir une dizaine d'années. Il commençait à moins aimer Cendrillon, quoique je sais plus trop en fait, en tout cas j'avais exigé qu'il emmène aucun objet Cendrillon en public quand j'étais en sa présence, ça c'était interdit, j'avais réussi à être ferme là-dessus, je veux bien mourir de honte mais d'une autre façon, par pitié, pas à cause de Cendrillon.

De toute façon c'est moi qui portais le sac à dos, il avait pas besoin de son cartable le gamin (oui il était passé au cartable Cendrillon). À chaque fois qu'on faisait une sortie c'est moi qui portais les victuailles, normal, j'étais le mâle dominant, enfin le mâle… mon petit avait beau s'identifier à Cendrillon je restais le chef de meute, c'est moi qui portais le sac. Il était pas très Roi lion évidemment, il aimait pas trop Scar, la noirceur, le meurtre, la violence et tout et tout. Ah ça non, les lions, il aimait pas…

Nous on était pas une famille sanglier, on devait presque ressembler à une famille normale, limite à une famille heureuse dans ce genre de circonstance, équilibrée, le père porte le sac à dos avec le pique-nique à l'intérieur, les sandwichs qu'on va déballer devant l'enclos des singes, on dira regarde le petit singe, il est pas mignon ce petit singe, tu veux nourrir le petit singe ?, mais non voyons c'est interdit, en revanche les employés du zoo s'en occupent à 17 heures, on assistera tous ensemble au repas des singes à 17 heures, rendez-vous est pris. Voilà on était en mode famille normale, même moi j'étais plutôt content, on va pas se mentir ça fait toujours kiffer d'aller au zoo, des éléphants y en a pas à tous les coins de rue, des sangliers peut-être mais pas des éléphants. Perso j'ai pas tellement les moyens de me payer des safaris en Afrique donc c'est pratique les zoos, et tu vas pas me faire croire qu'ils sont pas heureux les éléphants dans les zoos, ils sont nourris logés blanchis, on s'occupe de tout, ils sont juste là à se pavaner, ils ont rien à branler, ils se lèvent pas à six du pour aller au taf, ils ont pas besoin d'économiser pour leur retraite ni pour les études d'un gamin qui s'identifie à Cendrillon, ils ont la belle vie sérieux, faut arrêter de casser les couilles avec les zoos, comme si c'était mieux de vivre dans la savane au milieu des anacondas que pépouze en France sur une motte de foin. Bref on prend la route de Thoiry l'esprit léger, je me voyais déjà déballer les sandwichs devant l'enclos des singes et rouler un petit pète devant les zèbres, je me disais ah ouais ça doit être chanmée de fumer devant les zèbres, ça doit produire un bel effet, y aurait personne pour partager mon délire mais j'étais quand même un peu excité en y songeant, de toute façon mes délires je me les tapais tout seul, Clara elle aime pas le shit et à ce moment-là on se tapait plus tellement de délire avec ou sans shit de toute façon, elle se tapait surtout des délires avec le gamin, plus trop avec moi. Elle avait pris son parti, je le dis comme ça avec le recul même si sur le coup c'était pas aussi tranché, on avait aussi nos moments tous les deux, y avait encore une complicité entre nous mais dans le fond je crois que c'était quand même déjà un peu ça, elle commençait à se détourner de moi au profit du gamin. Parce que moi depuis le délire Cendrillon c'était plus vraiment possible avec ce petit. Parfois j'essayais de me raisonner, d'ailleurs je l'emmenais au zoo, je tentais des trucs mais rien à faire, à chaque fois y avait une couille quelque part, et là encore il allait y avoir une couille, comme d'habitude. Pourtant ça me semblait une valeur sûre le zoo, devant un hippopotame le gamin il kiffe, toi aussi tu kiffes, on ressent un truc un peu similaire, on en reparle le soir au dîner puis avant de se coucher, ne t'en fais pas l'hippopotame ne te mangera pas, je te protégerai de l'hippopotame, cet hippopotame va fortifier notre relation père-fils ! Malheureusement ça c'était pour les familles vraiment normales, et on a pu vérifier qu'on n'en était pas une à l'approche de l'enclos des lions. À Thoiry il est stylé l'enclos des lions, tu peux y pénétrer, ouais y pénétrer, par un tunnel en verre. Le lion et les lionnes peuvent carrément monter sur le tunnel alors que t'es dedans, tu vois leurs grosses pattes à vingt centimètres de toi, c'est-à-dire l'épaisseur que doit faire le verre, vingt bons centimètres, ils sont pas cons les mecs de Thoiry, ils ont pris une marge de sécurité. Sauf que les gosses ils comprennent pas forcément qu'une épaisseur de vingt centimètres ça te protège d'un lion, qu'il n'y a pas de souci à se faire, enfin je dis les gosses : le gamin, lui, il a pas compris. À peine on a pénétré dans le tunnel qu'une lionne a sauté juste au-dessus de nous, j'avoue ça a produit son petit effet, tout le monde a réagi, moi-même j'ai un peu sursauté, mais le gamin il a carrément poussé un cri, un cri suraigu à te fracasser la boîte crânienne, un cri inhumain, mon Dieu la gêne, à côté le dîner avec mon ex c'est rien du tout. Je savais plus où me foutre, non non ce n'est pas mon gamin qui crie comme ça, non non ce n'est pas lui qui est tout rouge et qui chiale alors qu'il a dix piges, non non non ce n'est pas ma femme qui le prend dans ses bras, certes elle est très bien gaulée mais je ne la connais pas, jamais vus, ni elle ni ce gosse, désolé je ne sais pas où est le père. Ah ouais j'aurais préféré qu'il porte son cartable Cendrillon et qu'il la ferme, et qu'il observe les lions sans broncher comme un gamin normal, ou à moitié normal vu son cartable, un gamin qui aime les lions putain, c'est trop demander ? Oui, apparemment, c'était beaucoup trop demander à tous les petits malins là-haut dans le ciel qui m'ont concocté cette vie de merde, mon gosse se chie dessus devant des lions, enfin devant une lionne, et tout le monde nous regarde, et Clara me fait des gros yeux, accroupie à la hauteur du gamin qu'elle entoure de ses bras, et moi je sais pas quoi faire de mon corps et de mes bras et où poser mes yeux, je suis figé, j'ai la honte de ma vie, et Clara dit viens mon chéri, c'est rien, on ne risque rien ici mais on ressort, ne t'inquiète pas, on retourne à l'enclos des autruches. Et elle se relève et elle le prend par la main sans jamais me quitter du regard avec ses gros yeux chargés de reproches, et moi j'avoue je suis absolument incapable de dire le moindre mot mais que dire dans des circonstances pareilles, au milieu d'une foule de gens qui maintenant se désintéressent complètement des lions et fixent notre trio familial, avec un air attendri chez les mamans, un air moqueur chez les enfants, un air compatissant chez les papas, et ça je ne le supporte pas, ça c'est trop, le voilà le cauchemar de tous les papas, il est là, être regardé par les autres papas avec un air compatissant, et j'aurais été prêt à tout, j'aurais été prêt à transpercer la vitre et à me retrouver au milieu des lions, au milieu des lions et des lionnes tout nu avec une énorme côte de bœuf à la place de la bite, partout plutôt qu'ici, au milieu des papas aux airs compatissants.

Faut pas que je ressasse ces mauvais souvenirs, putain voilà j'ai loupé le spectacle, la famille sanglier se lève de table, j'ai même pas vu si le petit a chopé ma crème caramel, ça m'apprendra. Oulah les voilà qui s'approchent, ils viennent vers moi, le sol tremble, on dirait le tyrannosaure dans Jurassic Park, mais un tyrannosaure qui aurait eu des petits, mon Dieu l'horreur, même dans Jurassic World ils ont pas imaginé un truc pareil, vas-y peut-être que si je bouge pas ils vont pas me calculer car leur vision est basée sur le mouvement ? Ah putain les gosses ils ont chopé des petits jouets, ils ont dû prendre le menu enfant, mais non c'est impossible y a rien à graille dans le menu enfant, ils peuvent pas avoir ce tour de taille et prendre des menus enfant, d'ailleurs leurs plateaux ils étaient pleins à ras bord, ou alors ils prennent le menu enfant que pour les jouets et ils commandent des plats en plus, ah ouais ça doit être ça. En tout cas ça les rend heureux ces petits jouets, y a un hélicoptère qui tient vachement la distance dans les airs, les hélices vont super vite, j'avoue c'est presque fascinant, ils sont stylés les cadeaux du Bœuf Jardinier. Les gamins ils en peuvent plus avec l'hélicoptère, ils ont l'air comblés, ça change du mien.

Aïe, je suis en train d'enchaîner les mauvais souvenirs ça va pas du tout, allez je m'arrache, retour à la voiture, au revoir la famille sanglier. J'ai presque envie de leur faire un signe, je suis con putain. C'est même pas sûr qu'ils m'aient vu d'ailleurs, leur vision doit vraiment être basée sur le mouvement. Allez hop, on remet le contact, c'est reparti, en avant les histoires, moi j'ai pas un hélicoptère mais une 207 où je me sens bien. L'hélicoptère… ah là là j'arrive pas à réfréner ces pensées, ces petits jouets ça me rappelle tous ces Noëls qu'on essayait de passer ensemble alors qu'en fait, ben on n'était pas vraiment ensemble. Y a celui de ses dix ans là… Ah ouais celui de ses dix ans… Comme d'habitude j'avais essayé de faire en sorte que Noël soit un moment un peu différent, je pense que c'est l'objectif de tout le monde, à Noël on veut oublier ses soucis, on veut balayer le gros tas de merde qui a pris de l'épaisseur tout au long de l'année, hop, je te balaie tout ça en même temps que cette neige qui est censée s'accumuler sur mon palier mais qui en fait n'est jamais tombée, y a jamais eu de neige à Noël mais on a tous l'impression d'avoir vécu des Noëls sous la neige, au point qu'on se pose la question durant tout le mois de décembre, y aura-t-il de la neige à Noël ? c'est comme ça on s'illusionne, et on est parfaitement satisfait de s'illusionner, c'est le but, voir la neige qui n'existe pas, être heureux alors qu'on ne l'est pas. C'est pour ça que j'ai toujours essayé de faire plaisir au gamin à Noël. Je crois que t'as saisi, Cendrillon, les lions, le foot, c'est plus tellement nécessaire de te faire un dessin, on n'était pas trop sur la même longueur d'onde tous les deux. Et pourtant à Noël y avait toujours ce petit truc à la con qui te fait croire à l'impossible. Quand t'es gosse t'es absolument certain qu'un vieillard obèse peut passer par le trou d'une cheminée, et quand t'es vieux tu penses que tu peux te réconcilier avec ton gamin qui ressemble à une gamine, à chaque âge ses illusions. Du coup je lui cherchais des cadeaux. Dans les premiers temps ça marchait jamais parce que je voulais lui offrir des trucs qui le feraient changer, ballon de foot, petites voitures, épée en plastique. Je me disais qu'en ouvrant ça sous le sapin ça pourrait le faire... Mais j'étais un peu con. Si on m'avait mis une Barbie sous le sapin j'aurais pas viré de bord, je lui aurais arraché les membres à Bibie, c'est la réflexion que je me suis faite un peu plus tard. Du coup j'ai essayé de la jouer fine, c'est-à-dire de trouver un truc cool, stylé, qui pourrait quand même lui plaire. Il se trouve qu'il aimait bien la musique. Enfin il aimait la musique comme on peut l'aimer à neuf piges, rien de fou, mais quand même il avait l'air particulièrement sensible, dès qu'on mettait un truc dans le salon il se mettait à danser, ça pouvait être gênant parce qu'il dansait vraiment comme une gonzesse mais ça me dérangeait pas tant que ça en fait, à neuf piges tous les gosses dansent comme des gonzesses, c'est normal. Bon du coup je me dis c'est peut-être le moment de creuser un peu ce truc-là, s'il devient musicien ça peut le sauver qui sait. Et alors en me baladant sur internet je vois quoi, je vois un gros clavier en plastique où le gosse il peut enregistrer des sons. Je me dis c'est pas con ça, il pourrait développer sa fibre artistique. J'en parle à Clara et elle est super enthousiaste, je m'en souviens comme si c'était hier, elle y croyait dur comme fer, elle aussi pensait que c'était le cadeau parfait, celui des retrouvailles entre un père et son fils, enfin elle l'a pas dit à voix haute, et moi non plus bien sûr, mais au fond c'était ce qu'on pensait tous les deux, le gamin et moi on allait enfin trouver un terrain d'entente parce que moi aussi j'aime bien la musique. Et puis j'étais content de montrer à Clara que je faisais des efforts : tu vois Clara, je fais tout pour qu'on s'entende bien avec le gamin. En vrai c'était une fois par an mais sur le coup ça pouvait donner l'impression que ça serait toute l'année comme ça. Bref, j'achète le bordel, je crois que ça s'appelait Candy Loop où une connerie dans le genre, y avait rien dans le titre qui donnait l'indice que ça permettait d'enregistrer des sons, je sais pas qui trouve les noms des jouets pour les gosses mais il est encore plus con qu'eux, Candy Loop c'est tellement cheum mais passons, je lui emballe son Candy Loop avec soin et je le pose consciencieusement sous le sapin, tout au fond, histoire qu'il le chope en dernier, genre mais papa il ne m'a rien acheté ? ah mais si suis-je bête, et même que c'est le plus gros cadeau ! Résultat il déballe ses cadeaux les uns après les autres, ceux de ma mère, de mes beaux-parents, de mes belles-sœurs, de Clara (oui on la jouait séparé), il est tout excité, il fout du papier cadeau partout, il en peut plus, c'est le plus beau jour de sa vie, et enfin il arrive à mon paquet, comme prévu. Il a parfaitement compris que c'était le mien, il est pas totalement con, c'est grillé car son visage baisse d'un ton dans l'enthousiasme, il était tout guilleret et d'un coup ça se voile un peu, c'est à peine perceptible pour les autres mais moi je le vois très bien, il se raidit, il doit se dire qu'est-ce qu'il m'a encore offert ce gros con, un panier de basket, une batte de base-ball ? Mais la taille du cadeau l'intrigue, ça aussi j'arrive à le percevoir, c'est un gamin spécial mais ça reste un gamin : devant un gros cadeau il a une étincelle dans les yeux. Alors il est un peu fébrile en déballant le paquet, c'est pas aussi naturel qu'avec les précédents, et ça fait chelou parce qu'à neuf piges les gamins c'est des as du déballage, c'est des chirurgiens du paquet à cet âge-là, ils t'opèrent le bordel avec une main derrière le dos, et là je vois qu'il flanche un peu, je suis le patient sacrifié. Mais bref on s'en branle de ça, le pire c'est après. Le pire, c'est qu'en arrachant la dernière lame de paquet cadeau, en découvrant l'énorme jouet à l'intérieur, ou plutôt devrais-je dire l'instrument, ce magnifique clavier qui allait en faire une star de la chanson, lui faire retourner les stades, ah tiens j'arrive à garder de l'humour c'est bien, parce que voilà où je voulais en venir, il regarde le jouet et il n'exprime rien, pas un sourire, pas même un froncement de sourcils, ni joie, ni interrogation, ni même dégoût, rien, c'est comme quand je lui avais proposé d'aller au

Parc, pas d'expression, rien du tout. Il repose le Candy Loop et il se contente de faire ce qu'il doit faire, il remplit l'obligation, mécaniquement, il va faire le bisou. Sauf que contrairement aux autres bisous, je vois bien que celui-là est une putain de corvée. Je vois bien qu'il vient à reculons comme on dit. C'est incroyable d'ailleurs de traîner autant les pieds, de faire aussi peu d'effort. Tout le monde est gêné, je regarde pas autour de moi mais je sens la gêne, c'est le genre de truc qu'on éprouve, pas besoin des yeux. Il finit par arriver à ma hauteur et alors à peine il touche ma joue qu'il grimace, il est si près que je peux pas complètement le voir grimacer mais je sais qu'il grimace, y a ma joue qui pique, y a les deux whiskys que j'ai déjà bus, y a surtout ce père qu'il déteste, et je sens que ce bisou est la toute dernière chose qu'il a envie de faire là maintenant, qu'il préférerait limite être dans l'enclos des lions mais que c'est un passage obligé, c'est comme ça, on embrasse son père quand il nous a fait un cadeau, même dans les tribus d'Amazonie ils doivent avoir cette coutume, c'est pas une coutume d'ailleurs c'est du bon sens, et tout ce qu'on peut dire c'est que ce gamin avait du bon sens mais aucun amour pour son père. Il a chuchoté un merci, je l'ai pas beaucoup plus entendu que je n'ai senti le bisou, mais un peu quand même, très bas, dans un souffle, et dans ce merci obligatoire j'ai tout compris. J'ai compris que ça servait à rien tout ça, que rien ne marchait, que rien ne marcherait jamais, que j'aurais beau faire tous les efforts, devenir le meilleur papa du monde ça collerait pas. Sa mère lui avait offert un vieux truc sans intérêt, je me souviens même plus de ce que c'était tellement c'était à chier, elle avait fait exprès de s'effacer un peu derrière mon cadeau, on s'était mis d'accord pour mettre toutes les chances du côté de la réconciliation, et pourtant il lui avait sauté au cou à elle, malgré son cadeau de merde. Et moi, avec ma bombe atomique, il me dit le merci le plus miskine de l'Histoire. Et alors là j'ai senti cette douleur, ce truc à l'intérieur qui se comprime, comme une morsure, je sais pas si ça arrive à tout le monde cette sensation, j'imagine que oui, c'est un peu comme un mélange de honte et de déception, avec de la jalousie aussi, une sensation vraiment pas cool, d'autant moins cool qu'elle a un truc de définitif, ouais c'est ça, tu sais que si ça fait autant mal c'est parce qu'il n'y a aucun rattrapage possible.

Elle est pas mal, l'histoire, racontée comme ça. Le pauvre papa terrassé de douleur par l'indifférence de son fils. Mais il faut que j'apprenne à être honnête avec moi-même, et d'ailleurs c'est parce que j'ai fini par réussir à regarder la vérité en face que là, maintenant, je suis dans ma bagnole sur l'autoroute. En vrai la victime c'était quand même un peu plus le gamin que moi, parce que bon, évidemment, c'est pas pour rien qu'il pouvait pas me saquer. Ça vient pas de nulle part ce genre de sentiment, quand t'es gosse t'aimes tes parents, tu te poses pas de question, enfin moi en tout cas je les ai toujours kiffés mes parents, et pour une raison toute bête je crois : ils me kiffaient aussi. Du coup si on s'entendait pas de ouf avec le gamin c'est un peu plus de ma faute que de la sienne, avec le recul c'est évident, j'ai compris, il m'a fallu du temps mais j'ai compris. En tout cas ce qu'on peut dire, ça c'est sûr, c'est que ce Noël a été un tournant. Le tournant du match comme ils disent. Ça fait une dizaine d'années maintenant mais je suis à peu près sûr qu'on peut le dire : à partir de ce moment-là, j'ai plus fait aucun effort. Non vraiment c'était plus possible avec ce gamin, je pouvais plus m'abaisser, j'avais bien vu que ça servait à rien. Le Candy Loop il y a jamais touché. Pas une fois. Je l'ai jamais entendu taper la moindre putain de note de ce putain de Candy Loop. Et même s'il a des circonstances atténuantes, ben sur le coup je les voyais pas, j'avais aucune envie de les voir, j'avais juste envie qu'il dégage de chez moi. Sauf qu'il avait dix ans et une mère qui l'aimait, donc le projet était difficilement réalisable à court terme. Disons que la cohabitation est devenue difficile.

C'est devenu d'autant plus difficile qu'il a donné l'impression, à partir de ce moment-là, de tout mettre en œuvre, mais vraiment tout, pour me casser les couilles. Par exemple : la fête des pères. Y avait eu des moments touchants avec la fête des pères auparavant, y avait eu des colliers de pâtes et puis un t-shirt, une fois, avec un ballon de foot. J'avoue ça m'avait touché sur le coup. Mais j'avoue aussi je l'ai jamais mis. Il était vraiment immonde ce machin, c'était un t-shirt blanc tout miskine recouvert de peinture, de vert surtout, un terrain de foot j'imagine mais fallait avoir de l'imagination, et puis y avait aussi du jaune et du bleu pour des raisons que j'ignore, là c'était plus de l'imagination qu'il fallait c'était de la mauvaise foi pour trouver ce que ça voulait dire ce jaune et ce bleu. Et donc y avait aussi un machin rond, enfin plus ou moins, noir et blanc en tout cas, qui devait être un ballon, mais l'ensemble était infect, un vieux torchon qui sentait la peinture, pour mettre ce truc fallait vraiment avoir beaucoup d'affection pour son fils. J'avais donc laissé vaguement traîner le t-shirt au fond de l'armoire en scred, ni vu ni connu, je l'ai moi-même oublié très vite et tout le monde aussi je crois, en tout cas on n'a jamais reparlé de ce cadeau de la fête des pères. Mais bon voilà, à l'époque, avant ses dix ans, y avait des cadeaux pour la fête des pères. Après, plus rien. Tu me diras, à dix piges, on n'en fabrique peut-être plus. Mais je suis sûr que même si on l'avait contraint, de force, à peindre un autre t-shirt pour son père, il l'aurait tèje direct à la poubelle en sortant des cours. Je dis ça parce que j'ai plus eu droit à un seul cadeau d'anniversaire. Mais oui je suis teubé pourquoi je parle de la fête des pères, le plus frappant c'est les anniversaires. Les petits trucs qu'il me préparait pour mon anniversaire, genre les dessins tout moches que Clara mettait dans une chemise pour bien les conserver, eh ben j'en ai plus eu un seul.

Mais bref je m'en branle de ces cadeaux, je m'en branlais quand ils existaient, je m'en branlais tout autant quand ils ont cessé d'exister. C'est juste un exemple pour dire que c'est devenu chaud entre nous, et alors je te dis pas, là c'était encore un enfant, mais après y a eu l'adolescence. La guerre froide. Avant on se parlait pas, tout simplement, mais là en plus du silence y a eu de la tension. Pas ouf l'ambiance à la maison. Mais je pouvais pas davantage le mettre dehors à quatorze piges qu'à dix. Et puis je pensais à Clara.

Perso je m'y suis habitué à cette situation. Ça me cassait les couilles bien sûr, le voir s'efféminer de plus en plus c'était une torture, une torture bien lente, bien progressive, mais voilà c'était une torture de tous les jours, on s'y habitue, quand on a mal tous les jours on se rend plus trop compte qu'on a mal. Y avait même un côté marrant à se foutre de sa gueule à cette petite pédale qui tous les soirs bouffait dans mon salon, mais le problème justement c'est que ça faisait du mal à Clara. Et ça je voulais pas. Je voyais qu'elle souffrait Clara, elle souffrait de ouf, c'est elle d'ailleurs qui a le plus pâti de cette histoire. Elle rêvait tellement d'une petite vie de famille tranquille et harmonieuse... On se l'était promis, c'est ce qu'on voulait tous les deux, elle et moi, mais qu'est-ce que tu veux... Plus le temps passait et plus ça crevait les yeux que ça ne serait jamais possible, y aurait jamais d'harmonie entre nous trois, ni devant des dessins animés, ni devant des lions, ni devant un sapin de Noël, nulle part. Et pourtant notre couple a tenu vachement longtemps. Faut dire que certes je faisais pas beaucoup d'efforts, mais ils étaient tous destinés à Clara, ça elle pouvait pas me le reprocher. Si je me retenais avec le gamin c'était pour elle, si je nous payais des trucs à tous les trois et pas seulement à tous les deux c'était pour elle, si je trimais au taf c'était aussi pour elle et rien que pour elle, et honnêtement avec le recul on peut dire que je me suis pas tellement plaint. Bon et puis on avait nos moments à nous, heureusement. C'est grâce à ma mère, elle habitait pas loin et elle se faisait un plaisir de garder le gamin pour nous laisser sortir de temps en temps. C'est des bons souvenirs ça. Ah ouais quand je repense à ces moments j'ai presque les larmes aux yeux. Parce que c'était bien et qu'on a toujours deux ou trois larmes qui se pointent quand on repense à des moments cool qui ne reviendront jamais, et puis parce que je peux pas m'empêcher de me dire que si on n'avait pas eu le gamin, eh ben on aurait pu avoir une vie bien chanmée. C'était pas extraordinaire ce qu'on faisait tous les deux, mais justement on était tous les deux, et entre nous y a toujours eu un truc vraiment naturel, une *osmose*. Sauf au resto avec mon ex à côté mais ça c'était spécial, et d'ailleurs ça nous a rapprochés ensuite. On sortait plus dans des restos guindés ensuite, on se cassait plus les couilles à se serrer autour de petites tables en bois pour bouffer une planche à vingt balles. On choisissait plutôt des trucs sans prétention dans les environs de la zone d'activité, autour du cinéma. Y avait tous les grands classiques du genre, Buffalo Grill, Hippopotamus, Courtepaille, et puis celui où on n'est jamais allés, La Criée, celui-là on se foutait bien de sa gueule, genre t'as envie d'aller te faire un petit cabillaud le samedi soir ah ah. Et donc souvent on enchaînait avec le ciné, fallait reprendre vite fait la voiture pour passer d'un parking à l'autre et c'était un moment assez excitant, j'aimais bien parce que ça pouvait donner l'impression qu'on rentrait chez nous alors que non, on n'était qu'au milieu de la soirée. Et puis surtout c'était un moment qui pouvait réserver des surprises, Clara elle pouvait bien se chauffer à ce moment-là, surtout si elle avait un peu trop picolé au Buffalo Grill. Plus d'une fois ça s'est passé comme ça, on rentre dans la voiture, je mets le contact, et là je sens direct qu'elle est trop chaude, pas besoin de la regarder, y a quelque chose dans l'air, dans ses mouvements, un truc un peu plus lent, pas comme d'habitude, je sais pas trop comment dire, un truc sensuel, un truc qui te fait comprendre que le cinéma c'est pas tout à fait sa priorité. Et alors des fois elle se jetait sur moi, carrément, tête la première sur ma braguette avant même que je démarre. Ah là là ces fois-là je sais même pas comment j'ai réussi à atteindre l'autre parking. J'allais me caler à une place sans personne autour, au milieu d'un bon gros no man's land comme y en a sur les parkings des centres commerciaux le samedi soir, et c'était parti pour le meilleur, alcool plus voiture c'est pas une équation compliquée, ça donne les meilleures parties de jambes en l'air, c'est mathématique. De toute façon avec Clara on s'est toujours entendus à merveille là-dessus, dès la première fois on a compris qu'on était faits l'un pour l'autre niveau cul, c'était dingue, immédiatement c'était complètement ouf. De toutes mes meufs c'est la seule que j'ai enculée le premier soir, et quand j'ai vu qu'elle protestait pas, qu'elle était même plutôt demandeuse, je me suis frotté les mains parce que si y a bien un truc que j'aime au pieu, c'est passer par-derrière. J'ai toujours préféré enculer, c'est plus serré et en face ça réagit bien plus, surtout au début, un petit cri à mi-chemin entre la douleur et le plaisir, ce qui fait que je durcis de plus belle. D'ailleurs si je récapitule je me rends compte que les meufs avec qui ça a le moins marché c'est les meufs qui pratiquaient pas la sodomie. Comme par hasard. Et ça arrive très souvent. La plupart c'est pas trop leur truc, faut pas se mentir les meufs qui aiment la sodomie elles courent pas les rues, ou alors si, justement, elles sont dans la rue, mais des meufs normales qui aiment ça y en a pas des masses, au mieux elles te font une fleur quand elles ont leurs règles mais même ça c'est pas courant. Y a des fois où je devais être le seul mec de France à être impatient que sa meuf ait ses règles... Mais avec Clara devant derrière c'était la même, alors je me faisais pas prier, je manquais pas de varier les plaisirs, et ce qui me faisait d'autant plus kiffer c'est que je sentais qu'elle kiffait autant que moi. Je dirais même qu'elle attendait le moment de l'alternance, et alors quand je sentais qu'elle devenait impatiente j'y allais pas tout de suite, je restais dans sa chatte, l'air de rien, mais oui c'est comme ça qu'on fait, un homme et une femme c'est une bite dans une chatte, et ça m'excitait de la sentir légèrement frustrée, parce que je savais la déflagration qui allait venir juste après, dès que je prendrais la décision de passer de l'autre côté. Et alors quand j'y allais elle poussait un cri… plus j'avais attendu et plus le cri était long, ça aussi c'était mathématique, enfin surtout dans la voiture justement, parce que à la maison fallait pas que le gamin nous entende. Ah là là ça aussi c'est des regrets, le nombre de baises qu'on a faites à moitié par peur de se faire griller… Du coup dans la voiture on se laissait aller, enfin surtout Clara, au point qu'on a forcément dû l'entendre à l'entrée du cinéma un jour, il devait y avoir deux cents mètres entre nous et le ciné mais elle criait tellement fort ! Putain c'est dangereux de conduire en repensant à ça, je suis tout seul sur mon autoroute et je bande comme un crevard, mon Dieu aidez-moi. Je me revois la pénétrer dans cette même 207 y a quelques années, au début en général elle venait sur moi puis je la renversais sur le siège passager pour passer en levrette, d'abord la chatte, puis au moment opportun le petit orifice un peu plus haut, que j'avais pas manqué d'humidifier tout doucement, patiemment, je le voyais se dilater au fur et à mesure ce petit orifice, et alors je peux pas te faire un dessin mais celui de Clara il était exceptionnel, parfait, une rosace le bordel, une rosace un peu plus mate que le reste, la petite cerise au milieu de ce cul qu'elle a toujours réussi à garder sans cellulite, une merveille, une œuvre d'art, j'aurais pu passer des heures à le regarder ce cul. Puis quand le plus intéressant des deux orifices était prêt j'y allais, tout doucement, je savais qu'il fallait pas y aller trop fort sous peine de tout gâcher, ça pouvait faire mal mais Clara je crois que je lui ai jamais causé aucune douleur, je savais comment faire, on se comprenait tous les deux, on était connectés. Pour rendre l'opération parfaitement fluide c'était bien de la caresser. De la main gauche j'allais chercher son clito et là encore, je savais exactement comment l'aborder son clito, c'est comme si j'avais été une meuf dans une autre vie, ou une Clara carrément, j'avais l'impression de l'avoir fabriqué ce petit bonbon, cette petite noisette qu'il fallait stimuler par des mouvements circulaires assez rapides mais en l'effleurant à peine. Là, elle résistait pas. Dans le même temps j'y allais un peu plus fort dans le cul, elle enfouissait sa tête dans le siège et elle jouissait une première fois au bout d'une minute ou deux, encore une règle mathématique, c'était presque pas drôle. Mais ça devenait moins prévisible une fois qu'elle avait joui, à ce moment-là il fallait faire preuve d'un peu plus d'imagination, et souvent je me servais de ma main droite pour m'occuper de son vagin. On passait en mode double péné, c'était du copieux, et alors je voyais bien qu'elle était plus vraiment là, on parle de septième ciel, je sais pas si c'est où elle était mais elle arrivait dans un monde qui devait ressembler à ça, la double péné ça la faisait complètement partir. Avec ma main droite je sentais ma bite qui tapait fort dans l'autre couloir, et je me faisais toujours la réflexion que c'est vachement fin un corps de femme, la membrane qui sépare les deux tunnels c'est de la dentelle, enfin une dentelle qui résiste drôlement bien, certes, mais quand même. J'ai toujours eu une certaine admiration pour Clara, si délicate, qui malgré sa délicatesse pouvait se faire démonter sans souci. Après, quand j'arrivais à me retenir, on pouvait partir sur autre chose. Je me retirais vite fait, ça la réveillait en quelque sorte, et on s'inventait une position cheloue, on migrait parfois sur la banquette arrière, je crois qu'on a tout tenté. On a souvent raté le début du film.

J'aime bien le cinéma mais je suis pas non plus un grand cinéphile. Je suis pas comme Nabil, lui à chaque fois qu'on parle d'un film il l'a vu, et d'ailleurs neuf fois sur dix il dit que c'est de la merde mais ça c'est un autre sujet. Enfin quand même ça m'a toujours sidéré ce truc, les gens qui prétendent adorer le cinéma ils en disent toujours du mal. Nabil honnêtement dans sa vie il a dû aimer deux ou trois films, pas plus. Je lui parlais toujours des films que je voyais au cinoche, je savais que c'était son truc. Il fallait que je me rappelle précisément l'histoire parce que je me souviens jamais des titres, j'ai pas une si mauvaise mémoire mais ça, les titres, j'y suis jamais arrivé. Du coup je racontais le film à Nabil et c'était à lui de trouver le titre, un autre genre de jeu entre nous mais sans les points, disons une discussion à devinette, et ce bâtard il trouvait quasiment à chaque fois. Il a dû sécher une fois ou deux, sinon il a tout le temps trouvé, il était au courant de tous les films qui sortaient chaque semaine, c'est monstrueux, ça m'impressionnait encore plus que sa connaissance encyclopédique des Oscars. Mais du coup, ce que j'ai jamais vraiment compris, c'est comment il pouvait avoir ce savoir et sans arrêt dire que j'étais allé voir un film de merde. À chaque fois il me demandait pourquoi on était allés voir cette daube, ah ouais t'as dû bien te faire chier il disait, et moi en général c'était pas aussi tranché, j'avais vaguement somnolé mais y avait aussi eu des moments cool, comme dans tous les films, et du coup je lui disais t'es dur quand même, et là il me répondait ah non je t'assure, c'est vraiment un film de merde, et comme je voyais que ça lui faisait plaisir de critiquer je le laissais dire. C'est kiffant de critiquer, je le vois avec le foot, ça donne l'impression d'être intelligent. Le foot et les bagnoles c'est les rares trucs où je me sens intelligent. Y a des vérités qui crèvent les yeux et pourtant t'as l'impression d'être seul à les voir, et du coup tu te sens futé. Ça peut être genre mais pourquoi il fait jouer Marquinhos en six ?, c'est un défenseur

Marquinhos, nique sa mère il a rien à faire en six. Ou ça peut être les joints de culasse. Les gens ils sont perdus avec les joints de culasse c'est un délire, ils sont perdus avec tout ce qui compose une voiture de toute façon. Pas besoin d'aller bien loin, tu peux leur parler des amortisseurs ils sont perdus, des fois je me dis et si j'évoquais la biellette de couplage ?, et là je me tape une barre tout seul dans ma tête, ah ouais là le client il s'évanouit, déjà tu parles d'une chambre à air les gens ils te regardent en mode admiratif... Mais c'est un délire quand même, les gens leur bagnole c'est le truc le plus important de leur vie, sans bagnole ils sont paralysés, et ils sont même pas capables de vérifier les niveaux par exemple, ils ont leur liquide de refroidissement à sec ils s'en rendent même pas compte, leur caisse elle peut péter à tout moment, mais putain quand ton verre il est vide tu le remplis je sais pas c'est du bon sens, mais bref voilà, au moins je me sens pas trop con dans ce genre de circonstance, quand un gars arrive avec son rétro pété et qu'il me demande de le changer je me sens fier, je sais faire un truc. Oulah pourquoi je pense à des rétros pétés ? Ah oui le ciné avec Clara.

Ben n'empêche, même si je suis pas très ciné, heureusement qu'il y avait ces moments, sinon je suis pas sûr que notre couple il aurait duré aussi longtemps. Merci maman, quand j'y repense. Ça a un peu été une deuxième mère pour le gamin, ma mère. Elle le gardait le soir de temps en temps et elle l'emmenait au patin. Ouais, au patin. Il avait décidé de faire du patin à roulettes.

Quand il nous l'avait dit ça m'était un peu passé au-dessus, on n'était plus à ça près. J'avais déjà compris qu'il serait pas le futur attaquant de l'équipe de France, qu'il allait pas rattraper ce que moi je n'avais pas été. Quand j'étais gosse j'avais ce rêve-là, l'ambition même, j'étais doué avec un ballon, toujours en équipe une, j'arrêtais pas de planter en poussin, en benjamin aussi, en moins de treize j'ai reculé un peu sur le terrain, milieu droit, j'avais un gros volume de jeu comme disait le coach. Le coach c'était pas le même qu'en benjamin, il avait un regard neuf et je crois qu'il avait raison, j'avais un gros volume de jeu mais je pesais pas assez sur une défense pour rester en neuf, et peut-être pas assez technique pour être dix, du coup j'ai fait quelques années milieu droit et ça marchait tellement bien que j'ai changé de club, j'ai pas été loin d'intégrer un centre de formation, mais bon ça se joue sur des critères bizarres ce genre de truc, c'est comme tout, t'as mal digéré ton petit déj le jour des détections et le grand club prend ton pote, et toi t'attends l'année prochaine, et tu descends arrière latéral, et c'est encore plus dur de se faire remarquer à ce poste-là, jusqu'au jour où t'attends plus rien, t'as dix-sept ans et tu commences à voir des gars de ton âge à la télé, et toi t'es encore au niveau régional, et ton espoir ça devient juste de faire des beaux parcours en Coupe de France, éventuellement d'intégrer un club où y a des primes de match, c'est le cas en CFA et même en DH des fois, faut tomber sur le bon club, mais ça y est t'as capté que ton quotidien ça sera pas de parcourir l'Europe en avion pour jouer dans des stades pleins, ça sera plutôt un taf de merde et des soirées pizzas, et les entraînements le soir, et les matchs le week-end sur des terrains pourris à l'autre bout de l'Île-de-France contre des mecs qui ont toute la téci derrière eux et qui mettent tellement la pression sur l'arbitre que toi t'es comme une merde, tu veux jouer le hors-jeu mais tu sais que ça sifflera pas, tu veux mettre un peu d'engagement mais c'est trop dangereux aussi, et ça s'insulte, et ça part en bagarre une fois sur deux, et à vingt-cinq ans t'en as marre, t'arrêtes, tu te contentes des pizzas et du Parc. Ah ouais mon histoire avec le foot c'est du classique, c'est l'histoire d'un million de mecs comme moi, et moi j'ai même pas les ligaments croisés à caser quelque part. Ils parlent tous des ligaments croisés les mecs qu'ont pas percé, genre j'étais dans le club de Drogba et j'étais plus fort que lui mais je me suis pété le genou et ça a tout niqué, combien de fois je l'ai entendue cette histoire. Moi j'ai jamais été blessé et je me cherche pas d'excuse, j'ai juste eu une histoire banale, j'étais pas assez bon ou j'étais mal entouré ou j'ai pas eu de chance ou j'ai pas su la saisir, peu importe, le train est passé sans s'arrêter pour me choper en cours de route, et alors forcément j'avais l'espoir qu'il fasse un petit stop pour mon fils, le train, jusqu'à ce que je comprenne que c'était plutôt celui de Walt Disney qui allait s'arrêter pour lui, ça oui le train Cendrillon y avait pas de souci, il s'est arrêté plutôt deux fois qu'une, il est resté à quai pendant des années l'enculé, mais le train du foot non, on l'a même pas vu passer. Le fils à Coco il faisait du foot lui. Et il venait au Parc. Et souvent il venait au Parc juste après son match. Et à chaque fois il venait tout juste de claquer un doublé dans l'aprèm, le petit, comme par hasard, et je crois que Coco il était encore plus fier que son gosse. Putain quand je les regardais ces deux-là ça me faisait mal, ils allaient tellement bien ensemble... C'était des copies conformes, contrôle c contrôle v. Le petit il tâtait bien la balle, il était fan de foot, il connaissait tous les joueurs, toutes les stats, tu te posais une question sur la saison 99-2000 il t'envoyait direct la réponse avec son petit doigt en l'air, c'était aussi impressionnant que Nabil avec les Oscars. Et d'ailleurs Nabil il était un peu jaloux ça se voyait, il fallait que je le lance sur les Oscars quand le petit à Coco avait été mis en valeur, sinon Nabil il se mettait à bouder, un vrai gosse je te jure. Ça me faisait délirer intérieurement, je le montrais pas mais ça me faisait vraiment marrer, Nabil il fallait que tout le monde soit bien conscient qu'il était le plus intelligent sinon ça se passait mal. Bref mon gamin c'était pas celui à Coco, il jouait pas au foot, il savait pas qui était Mickaël Madar, il en aurait jamais rien à foutre de Madar ou même de Ronaldinho, j'avais compris, du coup quand le train patin à roulettes a surgi je l'ai laissé y monter, vas-y fais-toi plaise et casse pas les couilles. Il avait déjà douze ans, je l'imaginais se péter la gueule à côté de gosses beaucoup plus petits et plus agiles que lui, ça me faisait presque marrer et je me disais que s'il avait envie de se ridiculiser comme ça c'était son problème, par contre c'était hors de question que je l'y emmène. C'est là que ma mère est pas mal intervenue. Elle s'occupait souvent du gamin le mercredi après-midi, elle avait pas de ménage à faire à ce moment-là alors que Clara bossait jusqu'à 17 heures. Ça se passait bien entre eux. Le gamin il aimait bien sa grand-mère et inversement, ben ouais ça pouvait pas être autrement ma mère c'est le bon

Dieu incarné, je l'admire ma mère, du coup j'aimais pas du tout ses réflexions, elle avait le don de me faire culpabiliser. Mais voyons qu'est-ce qu'il t'a fait cet enfant elle disait, c'est ton fils voyons, elle m'appelait par mon prénom dans ces moments-là, j'aimais pas du tout ça, elle savait comment me renvoyer en enfance, elle me grondait en fait, et alors je savais qu'elle avait raison, je baissais la tête et je lui disais que j'allais faire des efforts, quand elle me sermonnait comme ça j'étais convaincu qu'il fallait que j'en fasse, et puis dès qu'on n'était plus ensemble je retrouvais mon état normal et le gamin redevenait ce qu'il était, un sale gosse qui me faisait chier.

Mais bon au moins ils ont partagé des trucs, eux, la grand-mère et le petit-fils, c'est pas plus mal. Le patin à roulettes c'était un moment charnière : l'adolescence. À l'adolescence il s'est mis à changer à toute vitesse, on voyait l'évolution à vue d'œil, c'était flippant et surtout ça devenait franchement difficile de se retenir, je savais qu'il suffisait d'un mot de travers pour que Clara s'effondre mais c'était dur de pas me foutre de sa gueule au gamin, parce qu'à l'adolescence c'est plus un gamin justement, c'est même plus un être humain, c'est un mutant, un véritable monstre. Putain c'est ingrat parfois, la condition humaine. On en revient au petit malin qui nous dirige depuis là-haut en se fumant des énormes battes, je crois vraiment qu'il s'en fume des monstrueuses parce que là avec la puberté il a vraiment eu une idée de mec défoncé. On a souvent des idées qui nous semblent géniales après un gros pétard, la preuve c'est qu'on rigole pour n'importe quoi, on se croit trop puissant, on se dit qu'on va changer le monde avec rien du tout, une agrafeuse du papier cul et je te fais la révolution, mais oui voyons pourquoi n'y avais-je pas pensé avant ? On est tellement teubé ça fait flipper quand on y repense le lendemain, sauf que nous on met jamais le plan à exécution, on n'est pas assez con pour pousser la logique jusqu'au bout, au fond de nous on sait qu'on a cette idée de merde parce qu'on est défoncé, que les agrafeuses et le papier cul ça sert pas à changer le monde sinon d'autres l'auraient fait avant. Alors que Dieu, lui, quand il a eu l'idée de la puberté en pleine montée d'euphorie il s'est saucé direct, il a fait vas-y je rajoute la puberté au programme on va délirer, et le lendemain, en descente, il s'est pas dit qu'il avait fait une connerie, à croire qu'il est toujours chépère l'enculé. Non mais honnêtement, comment un créateur qui se respecte peut inventer les chtars sur la gueule et la voix qui mue ? Et, dans mon cas, un gosse qui se cherche sexuellement ? C'est une manière polie de le dire : il se cherchait sexuellement le gamin. C'était évident, ça crevait les yeux depuis un bout de temps, depuis Cendrillon je dirais, mais là même avec les yeux crevés y avait un truc que tout le monde pouvait voir, aucun doute possible, même ma mère elle avait capté que niveau sexualité le gamin ça allait pas être du classique. Enfin moi je me disais pas qu'il se cherchait sexuellement, je voyais juste qu'il parlait comme une pédale. Je peux pas vraiment le dire autrement, c'était la réflexion que je me faisais tous les soirs. Ça devenait tout simplement une pédale. Et donc, à ce moment-là, une pédale qui muait. Et qui commençait à faire les gestes qui vont avec, genre poignet à angle droit et buste en arrière. J'avais beau le sentir depuis longtemps, depuis les princesses, les lions de Thoiry, le patin à roulettes, eh ben quand le truc se matérialise pour de bon c'est pas simple. D'autant qu'on n'était pas sur de la pédale douce, c'était pas le gars qui a ses petites préférences en scred mais qui se respecte en public, non, le gamin il ouvrait la bouche t'étais fixé. Je me souviens de l'été où ça a vrillé. Jusque-là les vacances ça allait à peu près. On avait l'habitude de louer un mobil-home dans un camping en Vendée, c'est facile la Vendée, t'as des grandes plages où tu peux t'installer où tu veux, y a beaucoup de gros culs mais ils sont pas à deux centimètres de ta serviette, c'est aéré, c'est pas trop cher, et puis y avait ce camping où Clara était souvent allée quand elle était petite. Des mobil-homes, des caravanes, des tentes, une piscine au milieu du village, un camping quoi. À la longue on avait toujours le même mobil-home, un truc minuscule, je devais me contorsionner un peu pour entrer dans le lit et il fallait pas trop bouger pour pas réveiller les voisins ou le gamin qui dormait dans le placard d'à côté (autant dire que pour les parties de jambes en l'air fallait ruser) mais autrement on était bien à cet endroit-là, pas loin des sanitaires et pas dans le passage non plus, pareil pour la piscine et la salle commune, un peu au milieu de tout ça mais au calme, un endroit stratégique pourrions-nous dire. On y allait toujours la deuxième quinzaine de juillet et on retrouvait toujours les mêmes têtes. Pas besoin de se donner rendez-vous, c'était tous les ans la même chose, les autres aussi ils avaient leurs habitudes et elles changeaient pas, j'allais pas me faire chier à demander à Francis s'il venait bien la deuxième quinzaine de juillet comme d'habitude parce qu'il m'aurait répondu oui oui je viens la deuxième quinzaine de juillet comme d'habitude, et de toute façon j'avais ni son numéro ni son Facebook ni rien. Je m'entendais bien avec lui, d'autant que contrairement à d'autres sa femme était pas chiante. Y avait deux ou trois autres couples avec qui on pouvait picoler. Plutôt sympas. Mais le camping c'était le camping. Dans le tas Clara elle avait quelques bonnes copines qu'elle appelait dans l'année, genre pour les anniversaires et le Nouvel An, mais moi perso je cloisonnais, je retrouvais au camping les gens qui devaient y être, et à côté j'avais ma vie, je mélangeais pas. Clara elle me disait mais tu voudrais pas qu'on voie Francis et Magalie dans un autre environnement ?, ça changerait, ça nous sortirait de notre routine, et puis ils sont tellement chouettes c'est dommage de ne les voir qu'une fois par an, et moi je répondais ben non je m'en bats les couilles. Alors elle me traitait d'asocial mais c'est faux, je tisais tous les soirs avec les gens des emplacements autour quand j'étais au camping, donc je n'étais pas asocial, c'est juste que j'avais pas envie de faire la même chose ailleurs. Ailleurs j'avais mes potes, j'avais le Parc, j'avais le taf, autres ambiances, autres délires, on n'est pas obligé de tout mélanger. Aujourd'hui on se sent obligé d'être en permanence avec tout le monde, Clara elle poste toute sa vie sur Instagram pour que la terre entière soit bien au courant qu'elle vient de s'acheter un nouveau petit haut noir, qu'elle vient de regarder le troisième épisode de la saison 5 de Game of Thrones, qu'elle a fait un gratin de pommes de terre. Mais putain si la meuf à Coco elle vient de faire un gratin de pommes de terre ben tant mieux pour eux mais moi je m'en bats la race, j'en ai rien à carrer de voir en photo leur petit exploit, d'autant que c'est cheum un gratin. À la limite si tu donnes un conseil de cuisine genre le temps de cuisson des pommes de terre pourquoi pas, mais Clara elle était juste en mode je donne l'information que nous allons déguster un merveilleux gratin et ça me rendait fou parce que je voulais pas que ma vie soit déballée comme ça. Heureusement j'ai réussi à obtenir qu'elle poste rien sur le gamin. Ah ouais… j'ai trouvé l'argument ultime. J'ai dit je ne te laisserai pas exposer la vie de notre enfant aux yeux de tous, il faut le protéger. Pour une fois j'avais trouvé les bons mots, ce qui fait que j'avais pas à m'en faire, le petit qui chante les chansons de Cendrillon et qui se casse la gueule sur ses patins à roulettes ça restait entre nous.

Tout ça pour dire que j'ai jamais voulu que les autres soient au courant quand je me faisais une pizza ou un kebab ou que j'invitais l'arbitre à aller se faire enculer, ça les regarde pas, j'ai jamais aimé être relié à la grande communauté des réseaux sociaux comme un vieux clébard qu'on tient en laisse. Les gens du camping ils avaient pas besoin de savoir ce que je faisais en hiver, j'avais aucune envie non plus de savoir ce qu'ils faisaient à Noël, allez niquer vos morts sous la neige ça me regarde pas, je les avais complètement oubliés de toute façon à ce moment-là, ils me manquaient pas. Et puis c'était marrant de revenir un an plus tard, comme une fleur, et de se raconter ce qui s'était passé depuis, et les anecdotes de l'année d'avant, et de l'année encore avant, honnêtement c'étaient des vraies relations sociales, et je dirais même qu'elles étaient assez kiffantes, bizarrement. Je dis bizarrement parce qu'on était toujours dans le même monde de merde, on était juste trois cents kilomètres à l'ouest, et pourtant je m'en foutais un peu là-bas, j'avais un fils qui était vaguement une fille mais d'une part ça restait vague, et surtout c'était une parenthèse, c'était quinze jours où on picolait le soir et où j'arrivais à oublier que mon gamin il jouait à la marelle, qu'il traînait avec les petites filles plutôt qu'avec les petits gars, qu'il était beaucoup plus frêle que les mecs de son âge, qu'il savait toujours pas taper dans un ballon et qu'il saurait jamais. J'arrive pas trop à expliquer pourquoi mais c'est un endroit où ça comptait moins tout ça, en fait je l'oubliais le gamin, il faisait sa vie, c'était un peu comme si c'était pas le mien, tiens il est à qui ce gamin ? Pourquoi mange-t-il à ma table cet enfant ? Mais je m'en bats les couilles en fait je me pose même pas la question, y a des gamins partout, ça court, ça crie, ça joue à chat perché et moi j'ai mon verre de sky, et tiens y a Francis qui raconte encore une anecdote, écoutons ce bon Francis, il a tellement d'anecdotes à raconter celui-là c'est incroyable, un fonds inépuisable. C'est génial de côtoyer un mec comme ça en vacances, c'est tellement reposant. Il est 18 heures, tu te sers un premier sky et déjà il te raconte comment il a chopé une réduction sur le Coraya au Super U, c'est vraiment des trucs sans intérêt sur le papier mais lui il arrive à te passionner en racontant comment il fait ses courses, et quels sont les avantages de Super U par rapport à Aldi, et sa nostalgie de Leader Price, et comment il s'est embrouillé avec un caissier pour une histoire de Petit Écolier, genre la deuxième boîte qui doit être à moins 50 % alors que le caissier dit non non c'est une erreur d'affichage. Francis il tient quinze minutes là-dessus. Et sur le coup c'est intéressant, au point que je me dis ah ouais je vais la raconter à mes potes celle-là, et puis au retour des vacances, dans la voiture sur l'autoroute, je me repasse le petit film de la quinzaine et là je me rends compte qu'elles étaient pétées ses anecdotes, j'arrive plus à me rappeler ce qu'elle avait de particulier son histoire de Coraya ou de Petit Écolier, et c'est comme avec les gros spliffs, tu redescends sur terre, tu retrouves ta lucidité et tu te dis putain c'était miskine en fait. Mais du coup je pense que c'est à cause des vacances que j'oubliais le gamin. T'es un peu dans un état second pendant quinze jours, comme si t'étais foncedé en permanence, tu regardes la branche d'un arbre ou un vieil oiseau tout cheum et tu te dis ah là là c'est un petit paradis ce camping. C'est limite dangereux en fait les vacances, ça te rend complètement con. Mais bon ça faisait du bien, j'avais plus à me soucier du gamin, j'avais mon sky, mon Francis et les autres qui venaient se greffer, on était toute une petite bande et on oubliait nos problèmes.

Mais donc ça, c'était avant que le gamin il atteigne la puberté. Après c'est devenu un ado et un ado c'est pas comme un gosse, ça se fond beaucoup moins bien dans le paysage. Surtout le mien. Vers treize-quatorze ans ça a commencé à devenir gênant. Pas au point qu'on me fasse des réflexions mais bon c'était grillé qu'il était pas comme tout le monde. Je crois que les gens avaient capté qu'il fallait pas faire de réflexion. Je l'ouvrais pas de ouf mais ça devait se voir que j'approuvais pas tellement le comportement du gamin, et j'imagine que ça devait se voir aussi qu'il fallait pas me chercher. À ce moment-là j'ai commencé à griller des petits regards qu'ils s'échangeaient les uns les autres, et ça déjà ça commençait à me tendre. Je me contenais, je me disais on n'est pas là pour faire un scandale, je vais pas gâcher les vacances de Clara pour un regard, je reprenais un sky et comme j'ai la chance de ne pas avoir l'alcool mauvais (ça a plutôt la vertu de me détendre en général) (et de me faire délirer en fonction du contexte) (surtout si j'ajoute un petit pétard) (ce que je ne manquais pas de faire dans ce genre de circonstance) ça passait.

Et puis c'était des regards très furtifs, fallait vraiment avoir mon œil de lynx pour les capter. D'ailleurs je les inventais peut-être ces regards, j'avais suffisamment de recul pour me remettre un peu en cause, je savais que c'était un sujet qui me mettait sur les nerfs. Si j'avais été absolument persuadé qu'on se foutait de ma gueule dans mon dos ben c'est simple je les aurais démontés un par un, j'en aurais plus eu rien à foutre de Clara, des vacances, de la parenthèse enchantée, je l'aurais déglingué celui qui aurait osé rigoler, même un vieux genre Gégé, lui il disait rien mais il passait son temps à se marrer avec ses bourrelets qui dépassaient de sa chaise en plastique au point qu'on arrivait plus à distinguer les bourrelets du plastique, ah ouais il me faisait penser au méchant dans Star Wars, le monstre abominable dans l'un des vieux Star Wars avec Han Solo, espèce d'énorme tas de merde avec des yeux au sommet, ah putain il me répugnait ce monstre, j'avais envie d'accélérer la cassette vidéo quand il apparaissait, mais avec Gégé je pouvais pas accélérer, j'étais obligé de profiter du spectacle de son corps dégoulinant et alors je pensais toujours à ce personnage de Star Wars, ça me coupait un peu l'appétit mais bref, tout ça pour dire que même un vieux sans défense comme Gégé, si j'avais su qu'il se foutait de ma gueule à cause du gamin j'aurais retourné le plastique sur ses bourrelets j'en aurais fait une calzone de ce fils de pute. Et donc je crois que tout le monde en était bien conscient. Y avait comme un pacte de non-agression, j'étais un pays doté de l'arme nucléaire et c'est le genre de pays à qui faut pas chercher des noises, j'étais la Corée du Nord, une petite provocation et je pouvais faire sauter la planète.

Le hic, c'est qu'il y avait plusieurs mondes au camping. Celui des adultes, celui des ados, et celui des enfants. Voilà on peut dire qu'il y avait trois mondes qui vivaient en parallèle, et le hic, le problème, c'est que les autres mondes, ceux des enfants et des ados, ils savaient pas que j'étais doté de l'arme nucléaire. Et alors, un jour, les trois mondes se sont télescopés.

C'était un soir tout ce qu'il y a de plus classique, on était calés devant le camping-car de Patrick. Patrick c'était le seul renoi et ça faisait du bien de l'avoir, il était moins beauf que les autres et y avait toujours un soir où il nous faisait une petite bouffe de chez lui, genre acras de morue, poisson, boudins noirs, sauce qui arrache, me demande pas comment ils arrivaient à cuisiner tout ça au camping avec sa femme mais ils y arrivaient et putain c'était bon, c'était toujours la meilleure soirée de la quinzaine. Pour les acras surtout, les acras j'ai toujours kiffé, et puis pour le rhum, j'aime pas trop ce qui dévie du whisky en général mais lui son rhum il était à tomber, d'ailleurs y en avait beaucoup qui se cassaient la gueule en rentrant chez eux tellement ils étaient faits, véridique, mais surtout il était délicieux son rhum, ça valait largement ce bon vieux Clan. Bref, il devait être 21 heures, on venait de finir de bouffer, ouais on bouffait pas tard au camping, c'est comme ça, y a pas mal de vieux qui se couchent tôt, tu peux pas foutre le zbeule dans ces endroits-là, faut respecter les gens, et puis c'est bien de se lever tôt pour profiter de la journée, mais bref on sirotait le petit rhum au soleil couchant, peinards, on devait être une dizaine, ouais c'est ça, cinq couples, Patrick, Francis, Gégé et puis un autre, et là y a le gamin à Patrick qui se pointe. Un petit môme tout mignon, mignon comme un petit Antillais, ils sont toujours mignons les petits de là-bas, tu peux avoir deux boudins en guise de darons t'es BG quand t'es un petit Antillais, ça doit être à la puberté que ça se gâte, comme toujours, là-dessus on est tous égaux. Mais n'empêche à chaque fois que je le regardais ce gosse j'étais admiratif. Il était plus mignon, plus dégourdi, plus malin que tous les autres avec ses petits cheveux crépus, je me disais toujours que j'aurais kiffé avoir un gamin comme ça et tant pis si à la puberté ça devait partir en sucette. Du coup j'étais content de le voir débarquer, je me suis dit tiens qu'est-ce qu'il va encore nous inventer celui-là, et d'ailleurs on a tous pensé ça parce qu'on s'est tous arrêtés de parler pour le regarder. Et alors est arrivé ce qui est arrivé, sous les yeux de toute l'assistance, dans un silence total, genre le silence des gens impatients qui ont très envie d'entendre une anecdote, sauf que l'anecdote elle parlait de mon gamin. Il m'a montré du doigt le gosse à Patrick, ou peut-être Clara et moi mais je me suis senti visé, et il a dit que le gamin il était allé sur la plage avec Marieke, enfin je suis pas sûr du nom mais c'était un Hollandais, et le petit à Patrick il a dit que tout le monde les avait suivis en cachette, ils se croyaient tout seuls mais y avait tout le monde en embuscade, et tout le monde rigolait dans leur dos quand ils se sont allongés sur le sable, et quand ils ont commencé à se toucher le visage, et à se mettre les mains dans les cheveux, et à se caresser les épaules... Ah on peut dire qu'il avait le sens du récit le gosse à Patrick, et on peut dire qu'il aimait ça, aucun doute là-dessus, il fera un bon écrivain ce petit fils de pute. Il a tout raconté en détail, tout tout tout, et chez les adultes personne disait rien, tout le monde écoutait le petit à Patrick, et moi je pouvais pas faire un geste, j'avais les yeux fixés sur le morveux qui prenait un malin plaisir à parler comme dans les livres, et lui-même il me fixait le petit enculé, il devait savoir exactement ce qui se passait en moi, il était vraiment futé ah ouais, et moi j'étais immobile, une statue, aucun geste possible, jusqu'au moment où il a décrit comment le gamin et le Hollandais ils se sont roulé une grosse pelle. Là c'est devenu impossible, je pouvais plus tenir en place, je me suis levé d'un coup, j'ai renversé la chaise, j'ai couru dans le camping à la recherche du gamin, je serrais les poings, je sentais Clara qui essayait de me rattraper, qui m'appelait, qui m'appelait en criant, et plus elle criait plus je serrais les poings, il fallait que je l'attrape le gamin sinon c'était un autre qui allait prendre à sa place, il fallait vite que je le retrouve pour lui faire sa fête à lui plutôt qu'à un autre, et je sentais en moi le monstre qui grandissait, il s'allongeait le monstre, il prenait toute la place dans mon corps, j'étais entièrement remplacé par ce monstre jusqu'au bout des doigts, moi j'étais plus là, le gars qui s'était contenu toutes ces années il avait disparu, le gars qui avait d'abord fait quelques petits efforts, qui avait vu que ça servait à rien mais qui l'avait fermée pour le bien de sa famille, pour le bien de Clara, ce mec-là il était à terre, renversé par l'autre, celui qui voulait aplatir le gamin, creuser un trou et le foutre dedans, faire disparaître ce petit enculé qui osait me mépriser, car ce gros pédé il me méprisait de plus en plus, je l'avais bien vu, ce gros pédé, voilà maintenant je me disais c'est un gros pédé, c'est pas un garçon sensible, un garçon différent, un garçon qui a ses particularités comme disait ma mère, c'était juste un gros pédé, et maintenant ce gros pédé il fallait que je me le fasse, il venait de m'humilier devant tout un camping, tout un monde qui n'avait plus rien de parallèle, le monde c'était ça, on y était dans le monde, et avant de le quitter ce monde de merde avec ses tentes et ses caravanes pourries et de plus jamais y remettre les pieds il fallait que je me fasse le gamin, ça avait débordé je pouvais plus me contenir alors j'avançais au milieu des mobil-homes, je jetais des regards partout, à droite, à gauche, entre les caravanes, limite dessous tellement j'étais fou, et Clara m'a rattrapé, elle a essayé de me prendre par le bras et je l'ai dégagée d'un coup sec, on aurait été dans un film elle serait tombée par terre et elle m'aurait regardé continuer ma course à travers les arbres et les camping-cars à la recherche du petit enculé mais non elle est pas tombée, elle essayait juste de se maintenir à ma hauteur et elle disait ne lui fais rien, c'est pas grave, il est comme ça tu sais bien, ça devait arriver, il a quatorze ans, voyons mon chéri on ne peut rien y faire, il ne changera pas, ne rends pas les choses plus compliquées, c'est dur pour lui tu sais, il faut faciliter les choses, pas les rendre encore plus difficiles qu'elles ne le sont, s'il te plaît, s'il te plaît, rentrons au mobil-home, laissons-le, on en reparlera demain, on peut même partir demain si tu veux, on s'en va demain mais pas ce soir, je t'en conjure laissons-le ce soir, ouais honnêtement je pense qu'elle a eu le temps de dire tout ça parce que je l'ai pas trouvé immédiatement le petit pédé, et moi je répondais que dalle, j'étais un mur, un mur en mouvement qui zyeutait partout où c'était possible, jusqu'à ce que je discerne un groupe de gosses à la lisière du camping, sous des pins, je me suis rué sur eux, ils se marraient en regardant une vidéo sur un téléphone et alors ça m'a rendu encore plus ouf, je leur ai demandé où était le gamin, ils ont dit il est sur la plage et alors là j'ai tapé un sprint et j'ai senti Clara qui soufflait derrière, elle était cramée de fatigue mais elle s'accrochait, et en arrivant sur la plage j'ai vu deux silhouettes à environ cinquante mètres, y avait le soleil qui se couchait, c'était objectivement magnifique mais j'avais les yeux d'un démon à ce moment-là, ces couleurs rouges c'était l'enfer, et j'avais qu'une seule envie c'était de cramer le gamin, le foutre dans l'eau bouillante et le voir crever à petit feu, qu'il paie un peu pour tout ce qu'il m'avait fait vivre, ce qu'il me faisait vivre, et alors on essaierait d'en avoir un autre, on en aurait un autre, on réussirait ce qu'on n'avait jamais réussi à faire avec Clara, avoir un deuxième enfant, tous les mois on essayait comme des dingues, on baisait quatre, cinq, six fois pendant ses périodes d'ovulation, on mettait tout en œuvre et pourtant on n'y arrivait pas, impossible, le petit enculé là-haut il devait nous regarder faire et bien se marrer en se roulant un nouveau pète, ah les cons il devait se dire, lui qui nous avait envoyé un bon à rien, un gros pédé qui me pourrissait la vie, et alors je l'ai vu allongé là-bas à côté du Hollandais, et en me voyant approcher le Hollandais il a déserté direct, il s'est taillé comme une grosse merde, à croire que je faisais vraiment peur, mais le gamin il s'est contenté de tourner la tête dans ma direction et de me fixer genre rien à foutre, genre je savais que t'allais venir, je m'y attendais tu ne me fais pas peur, et il a pas arrêté d'avoir cet air, y compris quand je l'ai pris par le bras, quand je l'ai relevé en lui brisant son petit poignet, quand j'ai levé la main pour lui foutre une énorme droite, la beigne que j'attendais depuis toutes ces années et que lui aussi il devait attendre depuis longtemps, et alors, arrivé à ce moment fatidique, j'ai entendu Clara, le cri de Clara, le cri d'une femme qu'on égorge, pour le coup on était vraiment dans un film, j'avais jamais entendu ça ailleurs qu'au cinéma, une voix aussi déformée et douloureuse et désespérée, la dernière voix humaine je me suis dit, et savoir que la dernière de toutes les voix humaines c'était celle de ma Clara ça m'a stoppé, j'ai retenu mon geste, j'ai pas pu. Je me suis retourné, j'ai vu Clara qui pleurait dans le sable en nous regardant, je me suis avancé vers elle en continuant à tenir le gamin, je l'ai embarquée avec l'autre main et on est rentrés au mobil-home, on a fait nos valises et on est rentrés à la maison, et on est plus jamais repartis en vacances tous les trois nique sa mère y me faut une clope. Je suis bientôt arrivé, vingt-six minutes d'après le GPS, mais faut que je fume sinon je vais pas tenir, vas-y j'accélère un peu, la petite pointe à cent soixante ça fait pas de mal, je les double tous un à un ces vicoss de la file de droite, c'est une bonne distraction ça, doubler les mémères de la file de droite, y en a plein là, une belle brochette, ça va me changer les idées. C'était inévitable que je pense à ce moment avec le Hollandais, ça devait arriver, impossible autrement, mais quand même à chaque fois que j'y repense j'ai l'impression de vieillir, et Dieu sait que je me le suis repassé ce moment, j'aurais bien aimé le refouler mais non, c'est là et bien là, avec tous les détails, alors oui j'ai vieilli depuis, je me suis bien creusé d'ailleurs, tous les potes me l'ont dit, à partir de là j'ai été marqué physiquement. Putain de Hollandais. Enfin c'est con, ça aurait pu être un Suédois ça aurait été la même chose, mais depuis je peux plus regarder un match des Pays-Bas, je les aimais bien avant les Pays-Bas, Gullit, Bergkamp, un jeu technique et offensif, les maillots orange, même que j'avais le numéro 14 en club, mais depuis j'ai juste envie qu'ils soient éliminés au premier tour en Coupe du monde. Enfin c'est un détail, ça c'était tous les quatre ans, tous les deux ans avec l'Euro, mais sinon c'est surtout devenu l'enfer sur terre à la maison. Parce que maintenant c'était sûr, y avait un gros pédé sous mon toit. C'était plus juste un jeune homme qui se cherchait sexuellement, c'était un gros pédé qui devait mater du porno gay en cachette sur son portable, à quatorze ans c'est évident qu'il commençait à faire ça, et il devait se taper des grosses branlettes dans sa chambre pendant que moi je matais le foot dans le salon, et j'avais beau essayer de ne pas y penser j'y pensais quand même, honnêtement j'étais à deux doigts de la folie, je me sentais partir, et d'ailleurs ça me refait le coup là maintenant putain elle est où la prochaine aire d'autoroute putain faut que je me grille une clope ah ouais je fais du cent soixante et y a toujours pas un panneau pour m'indiquer une aire d'autoroute c'est quoi ce pays de merde ma parole ah ça y est dans deux mille mètres, j'ai dû zapper les panneaux précédents. Allez je me fais encore deux-trois petites mémères et je me rabats sur la file de droite et j'enclenche le clitoris, putain heureusement qu'il est là Nabil, lui c'est un pote, heureusement qu'il y avait lui et le Parc et les autres, Coco, Fred. Je disais rien, je gardais tout pour moi mais les voir ça me faisait un bien fou, je crois que sans eux j'aurais vraiment pété un câble, je dis je crois mais j'en suis sûr, grâce à eux je pouvais déserter un peu la maison, je la désertais de plus en plus d'ailleurs parce que dès que j'y étais j'avais des idées noires, et je me disais putain, encore trois ans à tirer avant qu'il soit majeur et que je puisse le dégager d'ici, ah tiens c'est pas le Bœuf Jardinier sur cette aire c'est un Autogrill, je m'en bats les couilles je suis juste là pour m'en griller une.

Allez je me gare, je sors, petite clope, pensons à autre chose, si je repense à ça je vais tout faire foirer, c'est pas le moment de flancher. Ah mais c'est dur, c'est impossible de pas penser à un truc quand on y pense, la clope a un pouvoir limité dans ces cas-là. Et puis j'arrive dans vingt-deux minutes d'après le GPS, à vingt-deux minutes de l'arrivée je suis obligé d'y repenser à ces trois dernières années où on a vécu ensemble, enfin c'est un bien grand mot, où on a cohabité disons. Ça fait mal de repenser à ça, cette période c'était invivable. Moi j'étais exécrable, je sais, le gamin je lui parlais comme à un chien, j'avais sans arrêt envie de le cogner, alors je me suis mis à tiser tous les soirs, pour supporter ça y avait pas d'autre allié que le petit Clan, ah ouais je parle de Nabil mais le Clan c'est lui le héros, sans lui je serais vraiment devenu violent. Et du coup voilà, aujourd'hui y a une deuxième douleur, c'est de repenser à mon comportement. Ben ouais j'étais exécrable. Clara elle a arrêté de sourire à partir de l'épisode du Hollandais. Pas un sourire en trois ans, fini, pas même à Noël ou aux anniversaires, enfin je parle de vrais sourires, de trucs qui expriment quelque chose, pas des façades qu'on se peint en public comme celle que je dégaine avec les clients par exemple. Putain c'était quand son dernier vrai sourire ? Ça remonte... Et ça c'est l'autre douleur, la vraie. Sur le coup, pour moi, c'était la faute du gamin. J'étais complètement sûr que c'était lui qui avait tout foutu en l'air, que sans lui tout irait bien, qu'on aurait la belle vie avec

Clara tellement on s'aimait tous les deux. Et puis après, avec le recul... je suis devenu un peu moins con peut-être... on devient moins con en vieillissant des fois... et je me suis fait la réflexion que quand même, j'étais peut-être un peu fautif.

Allez en voiture, on est presque arrivé. Je redémarre une dernière fois, ah ouais d'ailleurs c'est dans deux sorties putain ça se rapproche, j'ai mon cœur qui bat un peu plus fort d'un coup, je suis vraiment une gonzesse. Enfin c'est normal, c'est pas facile... C'était quand du coup le dernier sourire de Clara ? C'est un bon jeu ça, chercher la dernière fois où elle a été heureuse. Mieux vaut en rire hein... Non ben ça doit faire six ou sept ans, juste avant l'épisode du Hollandais. Le week-end en Normandie probablement, bien cool ce moment, on était allés au casino de Deauville, on avait fait les gros bourges, bon délire, ça fait mal d'y repenser mais ouais, bon délire, le dernier. Après le Hollandais y a un truc qui s'est cassé. On repartait en vacances encore tous les deux, un peu plus souvent d'ailleurs car le gamin il venait plus avec nous, impossible qu'on partage ne serait-ce qu'un voyage en voiture moi et lui, mais c'était un peu fini avec Clara, y avait plus rien, c'était devenu mécanique, un couple de vieux qui se parlent à peine, qui se parlent automatiquement, qui baisent automatiquement, même ça c'était foutu. Et puis en dehors de ces vacances de merde, donc, la cohabitation. On parle des nazis dans Paris, ça devait pas être le kif cette cohabitation-là mais je crois que j'aurais préféré avoir un nazi chez moi qu'un gros gay, au moins j'aurais pu l'empoisonner sans scrupule alors que là si je l'empoisonnais Clara elle serait morte avec. On a essayé de vivre tant bien que mal, de survivre je dirais, je m'en veux mais en même temps je sais que ça aurait pas pu être autrement, je supportais pas que mon gamin fantasme sur des mecs dans sa chambre, qu'il ait tous ces posters de gros gay accrochés au mur, et probablement des revues cheloues sous l'oreiller, enfin j'en sais foutre rien je suis jamais entré dans sa chambre quand il était ado, pas beaucoup plus avant d'ailleurs, il aurait pas kiffé de toute façon, mais voilà c'était insupportable d'imaginer ce qu'il faisait derrière cette porte, donc j'étais moi aussi insupportable, c'était comme un jeu de celui qui serait le plus insupportable et au milieu Clara dans le no man's land. Ça a duré comme ça plusieurs années, c'était à la fois interminable et en même temps on s'y est habitués, c'était comme ça et pas autrement, ça pouvait pas vraiment être autrement. Y a eu les quinze ans, les seize ans, les dix-sept ans, et alors là ça a commencé à être un kif, ça commençait à sentir bon, bientôt la sortie de prison, je comptais les jours. Dès son anniversaire de dix-sept ans je me suis confectionné un petit compte à rebours qui menait au jour où il irait se faire enculer ailleurs, hop là J-366, c'était une année JO pas de chance mais on n'était pas à un jour près non plus, et tous les matins je notais le chiffre dans un carnet, mon petit carnet à moi, à l'ancienne, et je me disais allez, dans 350 jours il dégage, dans 300 jours il dégage, et à chaque chiffre rond comme ça je me faisais un petit plaisir, je sortais pas le Clan mais le Jacky, c'était toute une série de jours de fête pour moi tout seul. Je l'avais dit à Clara que le gamin il dégagerait le jour de ses dix-huit ans, plusieurs fois je lui avais dit, elle ne réagissait pas. Le problème il est là, on s'est pas bien entendus là-dessus. Moi j'attendais les dix-huit ans comme le premier jour du reste de ma vie, de notre vie, et comme elle avait pas dit non je m'étais dit qu'elle devait être d'accord, on laisse le petit oiseau voler de ses propres ailes et on se remet dans le bon sens tous les deux mon amour, mais en réalité elle croyait que c'étaient des paroles en l'air. Comme si j'étais du genre à blaguer avec ça. Le gamin lui il savait que je blaguais pas, il avait 200 jours pour trouver une piaule, puis 150, puis 100, à la fin je lui indiquais l'avancée du compte à rebours et il savait pertinemment que s'il avait pas trouvé de piaule le jour de ses dix-huit ans il était à la rue, un gros clochard le gamin. J'avais tellement la date butoir en tête, elle m'obsédait tellement cette échéance que je pourrais pas tenir un jour de plus, et surtout si j'autorisais un jour de plus c'était la porte ouverte à deux, puis trois, puis une semaine et ainsi de suite, et il serait resté collé à sa chambre comme une sangsue l'enculé, pas par plaisir, personne ne prenait du plaisir, juste pour me faire chier. Je le voyais venir ce coup-là, il fallait être ferme, joyeux anniversaire et tu dégages.

La veille du jour J j'étais un peu tendu j'avoue, mélange de stress et d'excitation, je sentais la libération juste là, imminente, j'allais enfin être débarrassé de ce putain de poids qui m'accablait depuis dix-huit ans. D'ailleurs je commençais déjà à me sentir plus léger, optimiste, j'avais quarante-deux ans et encore une bonne partie de la vie devant moi, une seconde jeunesse à portée de main. En même temps y avait une petite appréhension, je me demandais comment Clara allait réagir. En fait je me voilais un peu la face. Je devais savoir au fond de moi qu'elle n'allait pas retrouver son sourire une fois le gamin à la rue, que ça n'allait pas être simple, voire dramatique, mais je me persuadais du contraire. La veille du jour J j'ai sorti la bouteille de Jacky, c'était le moment, je me suis organisé la petite fête du J-1, j'ai même proposé un verre au gamin pour me marrer, à ton départ gamin, ça fait quoi de devenir adulte ? Mais bien sûr personne n'a partagé cette petite sauterie, ni Clara ni le gamin, j'étais seul, déjà, une habitude à prendre.

Le lendemain on se réveille, ça y est c'est le grand jour, la porte du gamin est fermée, je me dis allez je lui laisse un petit répit quand même je suis pas un bâtard, je vais me faire un petit café, tout est petit dans ces moments de joie, petit déj, petit jus d'orange, petite clope, petit samedi même, je bossais pas, Clara non plus. On se met à bouffer, tartines de Nutella, petits croissants surgelés qu'on met au four, on se met bien, et pendant ce temps j'arrête pas de regarder la porte de la chambre, toujours fermée. Pourtant c'était pas tellement un lève-tard le gamin, il sortait même souvent assez tôt pour emporter un truc à graille avant de retourner dans sa chambre, on restait rarement longtemps dans la même pièce tous les deux mais ça suffisait à créer une tension. Là, rien du tout. Je trouve ça bizarre et je sens que Clara aussi. Elle est pas bien Clara, y a des croissants du café du jus d'orange, la totale, mais elle est pas bien. Il devait être 11 heures quand elle s'est décidée à aller voir. Elle s'approche de la porte, elle dit ça va mon chéri, joyeux anniversaire mon chéri, on a préparé le petit déjeuner tu as deux croissants et du jus de fruits, bref elle tente de le réveiller, et en retour silence de mort. Elle toque, elle me regarde avec des grands yeux étonnés puis elle met la main sur la poignée et elle ouvre tout doucement, genre je ne veux pas violer ton intimité mais on s'inquiète avec ton père, et alors je vois la lumière du jour qui s'échappe de la chambre et je l'entends pousser un cri. Un petit cri, pas le cri de la scène avec le Hollandais, pas le hurlement déchirant d'un film, un gémissement qui mêle la surprise et le désespoir. Elle reste prostrée, la main toujours sur la poignée, le regard tourné vers l'intérieur. Alors je me lève, je contourne la table, je la rejoins, et je regarde dans cette chambre où j'avais pas mis les pieds depuis des années, je regarde cette chambre où il n'y a plus grand-chose, les posters détachés des murs, les draps pliés sur le lit, l'armoire ouverte sur des étagères à moitié vides, la chambre de quelqu'un qui est parti.

Je m'attendais à des hurlements, des insultes, des protestations, mais non, le gamin s'est cassé dans la nuit sans rien dire. Il a peut-être attendu d'avoir pile dix-huit ans d'ailleurs, il est né à deux heures du matin le con. C'est peut-être à ce moment-là qu'il s'est enfui, après avoir rangé soigneusement ces dix mètres carrés où il avait grandi, fait sa valise, et laissé les clés de l'appartement sur son bureau, car oui les clés étaient là, sur le bureau, histoire de bien nous dire je ne reviendrai pas. Alors Clara s'est effondrée. Je l'ai vue s'effondrer, littéralement comme on dit. Elle s'est appuyée contre le mur à côté du bureau, ses jambes ont lâché et son dos a glissé jusqu'au sol où elle s'est recroquevillée, en silence, tout son corps parcouru de convulsions, sanglotant, sa cage thoracique faisant des petits mouvements qui donnaient bien l'indication qu'elle sanglotait sans faire de bruit. C'est le truc le plus triste que j'aie jamais vu. Ma Clara comme ça c'était insupportable. Mais le pire c'est la suite. C'est quand je me suis approché d'elle, tout doucement, pour la réconforter. Je me suis accroupi, j'ai posé ma main sur son épaule, et là elle m'a repoussé d'un coup sec. Elle s'est redressée, elle m'a regardée de ses yeux rouges remplis de larmes qui coulaient déjà plus, elle a un peu froncé les sourcils pour changer d'émotion, genre mettre de la haine à la place de la tristesse, elle s'est bien chargée en venin et elle m'a dit dégage, puis, après un petit silence, sors de ma vie.

Elle aurait pu me claquer une grosse droite j'aurais été moins sonné. Direct j'ai compris qu'elle blaguait pas. Y avait aucune négociation possible, elle était aussi déterminée et aussi verrouillée que moi envers le gamin, c'était du définitif. Alors j'ai même pas cherché à comprendre. Je suis sorti, j'ai pris la bagnole, je suis allé faire un tour, je me suis calé au PMU comme je faisais souvent le samedi après-midi, mais pas à mon PMU habituel, je voulais voir personne, je suis allé plus loin dans un autre PMU qui est exactement comme celui où j'ai mes habitudes, un PMU quoi, c'est tous les mêmes. Je me suis enfilé quelques pressions pour tenter de décompresser mais là c'était impossible, plus le temps passait et plus j'étais mal, au lieu de redescendre comme d'habitude avec l'alcool la pression elle montait, elle montait vénère ah ouais, j'essayais de me calmer mais impossible, je me disais non mais c'est le choc, je vais revenir et ça va aller, on va discuter, ça va être un mauvais moment à passer et puis elle va comprendre que le gamin il a dix-huit ans, que maintenant c'est un adulte, qu'il doit faire sa vie, qu'il faut couper le cordon, c'est dur mais c'est comme ça tu vas t'y faire ma Clara, tu vas t'y faire mon amour. J'essayais de me raisonner et honnêtement c'était un raisonnement qui tenait la route, sauf que le regard de Clara quand elle m'a dit dégage, petit silence, sors de ma vie, ce regard il commençait à me hanter, je voyais plus que ça, c'était hyper dur, et j'avais beau me raisonner je sentais que le meilleur raisonnement à tenir c'était que ce regard il laissait aucun espoir, aucun sursis, j'étais condamné, point barre. Alors au bout d'un moment j'ai plus tenu, j'ai repris la bagnole pour revenir à l'appart', j'ai pas attendu l'ascenseur j'ai pris les escaliers en courant, j'ai voulu ouvrir la porte mais elle était fermée, j'ai sorti mes clés, j'ai ouvert, et alors c'était plus seulement la chambre du gamin qui était vide, c'était l'appart' entier. Clara avait fait ses affaires et s'était taillée, c'était elle, en fait, qui était sortie de ma vie.

Ah tiens c'est là qu'on sort, il reste encore treize minutes sur le GPS mais c'est là, ok, allez hop petit clitoris, tchao l'autoroute, bonjour je sais pas quoi, petite zone industrielle de mes couilles, putain on pourrait vraiment être n'importe où en France c'est partout pareil, dès que t'arrives près d'une ville t'as droit à la petite enfilade des Leroy Merlin Bricorama Point P et toutes ces putains de grandes enseignes pour faire du bricolage. Douze minutes et je suis arrivé, la pression putain. Ça fait trois ans que je pense à ce moment et il est dans douze minutes, j'ai presque envie d'aller à Leroy Merlin putain, j'ai pas besoin d'un truc pour jardiner ? Ben non j'ai pas de jardin, j'ai jamais eu de jardin et depuis trois ans j'en ai encore moins. En rentrant dans l'appart' vide j'ai appelé Clara, je l'ai appelée à répétition, encore et encore, elle m'a bien fait mariner, et finalement c'est elle qui m'a rappelé. Elle m'a dit qu'elle était chez ses parents, qu'elle allait y rester en attendant de trouver quelque chose, un appart' pour elle toute seule, que c'était hors de question d'envisager de continuer tous les deux, que c'était fini, que j'avais pas intérêt à essayer de la voir ou alors elle appelait les flics, et elle a fini par me dire que le gamin avait trouvé à se loger chez un copain, elle a dit ça sur un ton ironique, genre ne t'inquiète pas pour lui. Elle a raccroché avant que j'aie eu le temps de dire quelque chose d'intelligent ou au moins d'essayer de la retenir, mais de toute façon même avec une heure devant moi j'aurais été incapable de dire quoi que ce soit, j'étais sonné et déjà fataliste, je savais que c'était mort.

Il était là le premier jour du reste de ma vie, ou du moins le premier jour des trois ans à venir, des trois dernières années, les pires de toutes. À côté vivre avec un gros pédé c'est pas grand-chose en fait, je m'en suis rendu compte assez vite, immédiatement pour ainsi dire. Y a la solitude, j'aime pas trop ça, je me fais vite chier tout seul, mais y a surtout le gâchis, y a la perte. La solitude à la limite c'est pas tellement ça le problème, le problème c'est d'y tomber.

C'est de vivre avec l'amour et de le perdre, avec une femme et de la perdre, et de devoir lâcher un appart' pas terrible pour en trouver un encore plus pourri, et d'y emménager tout seul comme une grosse merde, à quarante-deux ans, et de se faire des raviolis en boîte le samedi soir, et de finir son assiette en quatre minutes, y a des fois je me chronométrais ah ouais tellement je me faisais chier, et de ressasser le passé, et de se dire que ça aurait pu être différent, de sortir la bouteille de Clan, et de se dire ça craint de boire tout seul un samedi soir, d'aller au PMU, et de retrouver toujours les mêmes mecs, qui disent toujours les mêmes trucs, et de s'apercevoir qu'ils ont dix ou vingt ans de plus que toi, et de comprendre que c'est toi dans dix ou vingt ans si tu changes rien. Et de faire ça toutes les semaines, la même putain de vie qui se répète, le taf, le Clan, le PMU, le Parc un week-end sur deux, et les rides qui viennent défoncer ton visage, et l'impression d'avoir plus que quelques années à vivre, et y trouver un réconfort, encore trois ou quatre ans et c'est fini, c'est bien c'est pas trop long et ça risque pas de déranger grand monde.

En fait, pour être honnête, j'étais pas complètement seul. Y avait ma mère, les collègues du boulot, les gars du PMU et surtout le Parc, Nabil, Fred, Coco. Je leur avais jamais trop raconté ma vie. Ils devaient trouver ça bizarre que je parle jamais de mon gamin mais même si j'avais eu droit à des réflexions du genre pourquoi tu l'emmènes pas au Parc ils avaient pas insisté, ils avaient bien vu que c'était mieux de pas en parler. Mais bon quand Clara est partie j'étais tellement un déchet que là je pouvais plus cacher quoi que ce soit, obligé de dire la vérité, enfin au moins en partie. Ouais j'ai quand même pas dit tout de suite que mon gamin fantasmait sur des Hollandais, mais voilà ils étaient au courant que je me retrouvais tout seul comme une grosse merde. C'est plus tard que j'ai vraiment été honnête, et pas avec tout le monde, juste avec Nabil. Lui il a pas de gosse, personne à me renvoyer dans la face, pas de petit bonhomme idéal qui claque des doublés le samedi aprèm avant d'aller au stade avec son père. Nabil, c'est un solitaire. Et il a beau être un peu égoïste, ne pas aimer quand d'autres paraissent plus intelligents que lui, ou autant que lui, eh ben justement il est suffisamment intelligent pour se soucier de ses potes et donner des bons conseils. Alors à un moment donné j'étais tellement désespéré que je lui ai tout raconté. Y a six mois, un truc comme ça. Un samedi soir classique. Sauf que cette fois j'avais même pas la force d'aller au PMU. Même ça j'y arrivais pas, j'étais rien, un plot, un cadavre. Et alors pour la première fois j'ai pensé que Nabil pourrait peut-être m'aider. Je me suis dit mais lui il doit connaître ce genre de situation, il est célibataire depuis toujours. Et alors j'ai fait ça à l'instinct, j'ai pris mon téléphone et je l'ai appelé, sans réfléchir. Et alors là n'empêche je me suis rendu compte à quel point c'était un pote Nabil, il a débarqué direct. Il a dû sentir que j'étais pas loin de faire une connerie. En vrai j'y songeais même pas, je me laissais aller c'est tout, mais en tout cas Nabil un quart d'heure après il était là avec son pack de Heineken. Elles étaient chaudes mais pas grave, y avait une petite étiquette orange qui prouvait qu'il avait pas hésité à raquer chez un rebeu et ça leur donnait un putain de bon goût, les bières de l'amitié. On a décapsulé tout ça et j'étais parti, le grand récit était en route. Je lui ai raconté l'histoire du gamin dans les moindres détails, ce gamin qu'il avait vu une ou deux fois au tout début puis plus jamais, et même si je parlais surtout en regardant la table basse je l'ai jamais senti comme ça Nabil, aussi sérieux, aussi concerné, aussi attentif, jamais. À aucun moment il s'est foutu de ma gueule, y a pas eu la moindre allusion, la moindre petite blague, non, juste de l'attention pour son pote. On s'est revus plusieurs fois comme ça après, souvent le samedi soir, et je crois que c'est dès la deuxième fois qu'il a évoqué cette solution, ce truc auquel j'avais peut-être pensé mais vite fait, comme ça, sans y croire, ce truc des excuses. Il s'est pas du tout foutu de ma gueule Nabil, à aucun moment, par contre il a été cash. Il m'a dit t'as déconné frère, on traite pas un enfant comme ça juste parce qu'il aime Cendrillon t'es un ouf, y a plein de gosses qui préfèrent Cendrillon au foot et c'est pas des monstres pour autant, il a simplifié les choses mais il avait pas tort. Il m'a dit mais tu te rends compte on l'a jamais vu ton gamin frérot, tu le cachais comme si c'était un monstre, tu l'as ostracisé, je me souviens qu'il a employé ce mot parce que je le connaissais pas et qu'il l'a répété au moins trois ou quatre fois, tu l'as ostracisé ce pauvre Mickaël il disait, pendant dix-huit ans tu l'as ostracisé, t'as été odieux, t'as pas été un père pour lui, t'imagines si ton daron avait eu la même attitude avec toi parce que t'as des goûts qui sont pas les siens, t'imagines frérot ?, tu t'attendais à ce que ça finisse comment ? Il prenait tellement la défense de Mickaël que c'était pas facile. Déjà je me sentais comme une merde, une grosse merde face à lui qui parlait bien et qui avait toujours des bons arguments, et surtout je me rendais compte que visiblement y avait des gens que les pédés ça dérange pas. En écoutant Nabil y avait toute ma vision des choses qui d'un coup paraissait un peu à côté de la plaque, je voyais tout différemment, c'était comme si j'avais eu tort depuis le début, que j'avais tout construit sur une erreur d'appréciation comme on dit en foot, d'un coup je me suis dit mais attends j'ai eu tout faux, je suis teubé, il est pédé Mickaël et alors ? Cela dit ça continuait à me dégoûter un peu, et alors ce qui a tout renversé c'est quand

Nabil il m'a dit mais en plus qu'est-ce qui te fait croire qu'il est pédé ? Il aime Cendrillon, il fait du patin, il regarde un coucher de soleil avec un Hollandais et pour toi il est pédé ? J'ai fait euh ouais. Et c'est vraiment là que j'ai tout vu sous un autre angle. D'autant qu'au fond, c'est un peu ce que m'avait toujours dit ma mère. Sans parler de Clara. Et alors je me suis senti seul. Vraiment tout seul.

Je me souviens de ce moment, y a super longtemps maintenant, où Clara avait voulu réfléchir. Elle était enceinte de quatre ou cinq mois, un bon gros ventre déjà, et elle avait demandé au fait, pourquoi on fait un enfant ? Genre le grand moment de philosophie, on se pose, on regarde le ciel en fronçant les sourcils et on sort un truc malin avec des mots savants. Ça me cassait toujours un peu les couilles quand elle commençait à vouloir philosopher comme ça, d'autant que ses questions elles étaient souvent pas très fute-fute, genre pourquoi on travaille, t'aimerais bien être une fille, tu crois qu'on est seul dans l'univers et tout et tout, des trucs qu'on se demande quand on a cinq piges ou jamais de la vie, mais pas à vingt-cinq ans.

À vingt-cinq ans t'as passé l'âge de te pougner sur les extraterrestres, quoique j'aime bien cette question-là j'avoue, c'est un mauvais exemple. Mais cette fois du coup c'était pourquoi on fait un enfant. Et en fait c'était pas une question comme les autres, je m'en suis rendu compte très vite car au lieu de laisser un petit temps après l'avoir posée, genre hé hé t'y avais jamais pensé hein, car oui elle était toujours persuadée que sa question m'intéressait de ouf, eh ben là au lieu de mettre trois petits points elle avait immédiatement répondu à ma place. Elle avait relié ça aux sentiments, elle avait dit selon moi c'est une manière de concrétiser notre amour. Je m'en souviens comme si c'était hier, *concrétiser notre amour* elle avait dit, les mots sont restés parce que je m'étais demandé ce qu'elle voulait dire par là. Je m'étais fait la réflexion que c'était une jolie expression, mais pour le coup je savais pas quoi répondre. Cette fois elle m'intéressait vraiment sa question, je réfléchissais. J'avais surtout tiqué sur sa réponse en réalité, y avait un truc qui me dérangeait, et au bout de quelques minutes j'avais capté la petite incohérence, je m'étais dit l'amour c'est un sentiment et les sentiments c'est pas concret, ça peut pas être concrétisé. J'avais été assez content de ma trouvaille, je lui avais répétée telle quelle, et je me souviens encore de son regard au-dessus du gros saladier en alu, ses yeux tout ronds qui dépassaient, elle était sur le cul. J'avais savouré mon succès en allumant une clope, je savais qu'elle détestait qu'on fume dans le salon mais là j'étais trop saucé donc bats les couilles, laisse-moi kiffer ma petite victoire, et en effet elle avait rien dit. Elle avait remis des ingrédients dans le saladier, en silence, et moi j'avais savouré, je sentais gonfler l'intelligence de mes propos, ils résonnaient avec le bruit des grandes cuillères dans le saladier, et je me disais ben quoi c'est vrai, les sentiments c'est pas concret, je me le répétais dans ma tête. Je pensais : j'ai jamais trop su nommer ce que je ressens, comment on peut savoir que telle sensation correspond à tel mot et pas à tel autre, comment savoir si c'est de l'amour ou autre chose, on a jamais fait un dessin de l'amour ni même une description convenable, ça s'apprend pas et je vois pas non plus à quoi ça se reconnaît. Voilà où j'en étais à l'époque. Aujourd'hui j'ai bien compris que Clara j'en suis dingue. C'est au-delà de l'amour, c'est vital, je peux pas vivre sans elle tout simplement. Mais bref à l'époque j'étais content de ma trouvaille. J'avais laissé infuser quelques minutes jusqu'à ce qu'on se mette à table, et alors Clara elle m'avait fait un peu de peine, elle disait toujours rien. Du coup j'avais fini par jouer le jeu et à réfléchir vraiment à la question, à pourquoi on faisait un enfant. Je m'étais bien creusé la tête et je m'étais dit que d'abord on fait des gosses parce que tout le monde en fait. On a rien inventé, depuis des millénaires on fait des gamins, c'est comme ça. Faut dire aussi que vient un temps où on se fait chier et qu'il faut imaginer des trucs pour se distraire. C'était pas vraiment notre cas à l'époque mais bon, ça peut être une raison. Et puis j'avais continué à me creuser la tête et je m'étais dit autre chose. Clara était enceinte, Mickaël était pas encore né, et je me souviens avoir pensé que si on faisait des gosses, en fait, c'était pour se prolonger. Plus je réfléchissais et plus je me disais que ça devait être ça, je voulais un gosse pour vivre plus longtemps.

Je suis un peu moins con aujourd'hui, j'ai compris que non, ben non, c'est pas pour ça qu'on fait des enfants. Je sais toujours pas très bien pourquoi on en fait mais ça c'est sûr, c'est pas pour se prolonger soi-même, et c'est pas non plus pour les haïr. Ils peuvent aimer Cendrillon ou Mowgli finalement on s'en bat les couilles c'est leur délire, c'est pas au gamin de s'adapter au daron c'est l'inverse. On en a beaucoup parlé avec Nabil et je crois que c'est un truc que j'ai fini par capter. C'est un peu tard, on a niqué notre vie de famille, mais comme il m'a dit Nabil on peut merder pendant cinq minutes ou dix-huit ans il est jamais trop tard pour se faire pardonner. Ou en tout cas pour demander.

Voilà le GPS affiche le petit drapeau à damier, on est arrivé, c'est cet immeuble, c'est ici qu'il habite maintenant Mickaël. Y a une place devant, ça doit être un signe. Allez je me gare, hop là, petit créneau, c'est fait. Ou presque. Faut encore monter, et sonner, et le reste, surtout le reste, ce truc qui me donne les mains moites, ce petit détail qui m'a fait stresser tout le voyage et que j'ai pas arrêté de repousser : trouver les mots pour s'excuser. Après Nabil il m'a dit un truc pas con, enfin il dit jamais de conneries mais là ça me semble particulièrement intelligent, il m'a dit tu vas voir, le plus dur ce sera le voyage. Ce sera de monter dans la voiture, de démarrer, de prendre l'autoroute et de pas faire demi-tour, d'aller jusqu'au bout.

Et puis, tu verras : une fois devant chez lui ce sera gagné.

Allez, il est temps d'être un minimum poli, remercions des gens.

Merci à Youness, qui m'a montré la voie.

Merci à Pascale, qui m'a très vite compris.

Merci à Lila, on forme une belle équipe.

Merci à mes parents, quand même, c'est important.

Merci à ce gars, qui a surgi de nulle part.

Merci à Anne, pour finir, pour commencer, évidemment.

COMPOSITION ET MISE EN PAGES
NORD COMPO À VILLENEUVE-D'ASCQ

CET OUVRAGE A ÉTÉ ACHEVÉ D'IMPRIMER
SUR ROTO-PAGE
PAR L'IMPRIMERIE FLOCH À MAYENNE
EN MAI 2024

N° d'impression : XXXXX
Dépôt légal : août 2024
Imprimé en France